致／那些殺不死的浪漫

溫如生——著

All

About

BRASSERIE
HOTEL

Via della Spiga
Happy Holidays

目次

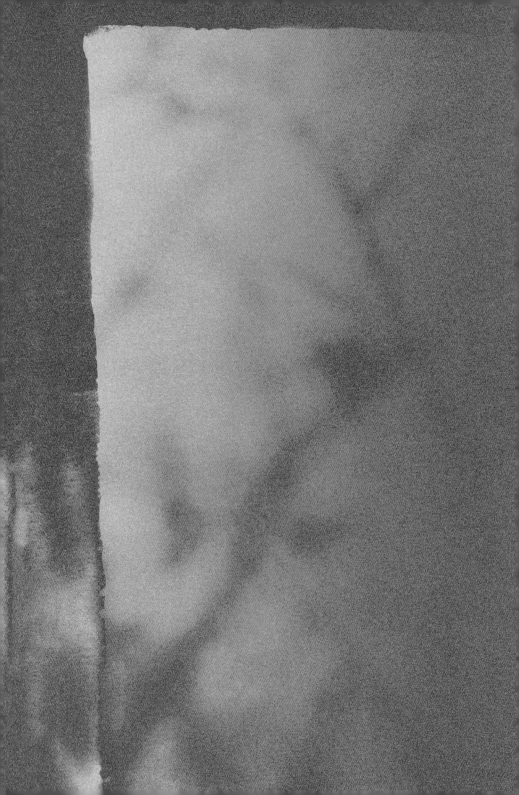

眾生皆苦，

人生目標清單

致追求

謹記快樂與健康比一切都要來得重要。
學會大方表達自己的愛意、質疑、欲望和感謝。
練習適當留白。
把曾經看過的動畫及影劇再複習一遍。
和喜歡的人們一起去公路旅行。
在玻璃雪屋裡看極光。
在槲寄生下邂逅最後的愛人。
在日落時分的海邊同朋友們喝酒談心事。
在下雪天和下雨天裡跳舞。
寫一首永遠唱不完的歌與一篇沒有主角的故事。
讓手機裡的照片保持在一萬張以內。
找到世界上最好喝的鮮奶茶。
為所有相遇與錯過感到慶幸。
珍惜每一次的見面也記住每一次的道別。
永遠當那個比較晚掛掉電話的人。

養一隻不會死的金魚。

把全世界的博物館都拜訪一遍。

在埃及許下最靠近神話的、不可能實現的願望。

用力留下存在在這個世界上的證據。

退休後在看得見星星的湖邊定居下來。

在拍照的時候不要閃避鏡頭。

敬畏一切文明的興衰。

理解某些人在某些時候的言不由衷。

感受到的傷害與忽視都是真的。

鍾情世俗。

保持敏感和痛覺。

好好活著。

等月亮

致歸零

想起來足夠真摯，遺憾但無可挽回的，才顯得極其珍貴。

看著面前男人溫和堅毅的面容，與他的幽默話語一同竄進耳裡的，還有餐廳裡的背景音樂和周圍顧客的交談聲。

他時刻關注我杯裡的水是否還有剩，適時又體貼地為我一次次傾滿。

喬是我的約會對象。

這已經是我們第六次約會，也是我們認識的第三十一天。

我感覺自己就要愛上他了，這是一個好的徵兆。

「知道妳喜歡海鮮，所以我特地研究了一下一些海鮮餐廳的評價，妳覺得這間還合妳胃口嗎？」他的手肘抵在桌上，上半身微微向前傾，然而這點距離的壓縮並不會讓人感到不自在，他的語氣依舊平緩溫柔。

喬向來是一個聰明的男人，舉手投足之間無不在展露自己的魅力，卻同時把握著絕對的分寸與紳士風度。

對上他淡色的眼，我笑著點頭，不得不說這間餐廳的料理確實好，這個無可反駁。

「那我可以給這間餐廳評價五星了。」他也笑了，「下次還能夠一起去附近的海濱小鎮逛逛，我知道那裡的海鮮很出名，並且絕對新鮮。」

現在的我應該是滿眼愛慕地看著他吧，仰賴他可靠的安排與付出，再故作矜持地吐出「好啊」兩個字。

離開餐廳以後，我們達成了共識，決定一起散散步、消消食。

已經是晚上九點，但天色仍是亮的，這讓我充滿了前所未有的安全感，或許也和他與我十指緊扣的手有些關係。

來到這座距離我的家鄉有十萬八千里遠的城市已經很長一段時間了，我總算熟悉了這裡的環境、熟悉了這裡的語言、熟悉了這裡與我有關，但更多是無關的一切。可是熟悉了那麼多，我從未感受過所謂的歸屬感。

我已經不是那個初來乍到，意識到終於只有自己能夠依靠，然後在聽到誰問一句「妳還好嗎」，眼淚就會潰堤的小女孩了。

我早已認清這個事實，已經不會再為此感到無措。

可是不知道是此刻的氛圍太好，還是餐後的那杯雞尾酒所造成的幻覺，我竟然產生了想同他坦承自己的脆弱與迷茫的衝動。

不行，這太快了，我甚至還無法確認他是否已經全心全意地愛上了我，又怎麼能保證他在看見我光鮮亮麗底下的灰敗、枯萎與無聊之後，還會不吝惜地向我交付他所有的真誠與愛意？

激情向來是容易消失的，一旦理智回籠，就會發現浮於表面的一切還是過於蒼白。

喬注意到我陡然的沉默，晃了晃彼此交握的手，像是一時興起地問道：「想不想吃冰淇淋？」

「哪裡還有賣冰淇淋呀？」疑問下意識地脫口而出，我緊接著補充了一句：「你還餓嗎？」

「嗯……之前聽某個人說，無論再飽都能吃得下甜點，因為甜點是另外一個胃？」他搬出我曾經和他提過的話，調侃道。

「認真的嗎？我是真的還可以再吃。」向甜點屈服算什麼呢。

不知道哪裡戳中了他的笑點，他哈哈大笑起來。「那走吧，帶妳去吃。」

人與人之間的交往向來需要真誠，建立在保護彼此自尊的前提下，偶爾可以疊加一些無傷大雅的小心思。

不知道這樣能不能讓我在他眼裡看起來可愛一點——在心動的人面前總是不自覺想表現出自己最好的一面，以至於我都要想不起來在遇到他之前的自己是什麼模樣了。

這樣看來其實有些悲哀。

我喜歡他的聰明，但我不希望他因此看透我是一個怎樣的人。

我在恐懼什麼呢？

恐懼受傷和失控，恐懼他到頭來只是生命裡的一霎花火。

恐懼去愛、恐懼不被愛，因為恐懼愛而不得。

說起來很矯情。

那天在他家看電影，茶几上他的手機螢幕突然跳出一則通知，我瞥了一眼，心下瞭然，裝作沒注意到似的。而喬比我還要冷靜，他攬著我的肩，眼光甚至沒有往那個方向看去，彷彿真的一點也不好奇是誰在這個時候傳來訊息。

他似乎不在意，但我在意。

可以說，我太熟悉那個應用程式的標識，因為我們就是透過它認識的。

是從什麼時候開始，會因為一個人的所作所為而感到焦慮和忐忑。

好像不一樣了，在產生「自己之於對方是特別的」這般自以為是的念頭時，就有許多東西脫離了掌控。這很糟糕。

我以為我能成為他決定刪除那個應用程式的理由。

可是我們之間並沒有向彼此承諾或妥協過什麼。

站不住立場的鬱悶與怨忿在某種程度上根本毫無意義，像是用盡了全身力氣準備狠狠摔碎擁有紀念意義的玻璃杯，但在即將落到地面時突然變成了輕飄飄的棉花一樣軟弱無力。

當情感的界線模糊不清的時候，愛與恨共用同一張臉。

他似乎和其他人沒有什麼兩樣。這樣的念頭一閃而過。

但我沒有因此感到舒心和寬慰。

我看著仍在播放的電影，心神飄忽不定，直到畫面裡的男女主角開始親吻起來，陡然升起的曖昧氛圍體現在他放在我腰間、肌肉逐漸緊繃的手臂，我感覺到喬的目光落在我的臉上，炙熱到讓我無法假裝視而不見。

意圖再直白不過。沒有人說話，很自然地靠近，呼吸黏膩。

荷爾蒙的絕對吸引是無可否認的。我感嘆。

所以，有什麼關係呢？我也還沒有把那個應用程式刪除，只是關掉了通知。

心裡某一處泛起的苦澀被我下意識地忽略。

人類是貪心的，想要的只會越來越多。

在我們聊過彼此的過去之後，我們還肆意暢想未來。從馬克思主義說到洛可可藝術，從物種起源談到平行宇宙……好奇怪啊，我們明明說了那麼多話，明明都要把心掏出來了，為什麼在某一瞬間還是覺得有什麼遙遠得無法跨越。

也是。這個世界上，哪裡有那麼多相互且又真誠的愛呢？

哪裡還會不明白，我們都只是彼此較為喜愛的選擇之一罷了，好比那件因為美感與舒適度兼具的、衣櫃裡最常穿的衣服。

人類也是善變的，前幾日我們才親暱地依偎在一起，一起計畫著去濱海小鎮的二日遊。但我隱隱約約有一種想法——旅行大概要泡湯了，而我也不需要去買新洋裝了。

他是從什麼時候開始準備離開我的呢？我漫不經心地想著。

但或許選擇離開也只是一個瞬間的決定。

此刻閉著眼的他如此沉溺，甚至沒有注意到我片刻的走神。

人在失去什麼的時候是會有預感的。

在他不回訊息的第三天，試探性地再發了一則也沒有任何下落以後，我就知道該放棄了。

不能再對他有任何餘念，一切都要在這裡停下，為了保護我僅剩的溫柔與真誠。

我們心照不宣，再說下去就真的該傷心了。

☽

親愛的喬，展信佳。

請原諒我最後以這種方式向你坦白那些我未曾言語且無以解釋的悲哀。

只是有些遺憾，我們還是未能真正地、體面地向彼此道別。我們默認彼此都想出走。

記得那天凌晨一點，我們一起坐在河畔，一邊等著那藏在寸寸黑幕和雲朵後的月亮賞臉為我們露出一點破綻，一邊試圖搞清楚那些可能終其一生都與我們遙不可及的宇宙奧秘。

你說，人類是不是很奇怪？

我們連愛這種與我們如此緊密的東西都始終沒能搞清楚。

可是那時候我看著你，我在心裡告訴自己我愛你。

我真的相信我愛你——在某些片刻真的撐起了愛的意義與宏偉。

有一個能去愛的人挺好的對吧？

這已經不是我第一次產生愛的念頭，在你說我「看起來很自由，但又好像很孤獨」的時候，在我明確感受到你對我的在意與喜愛的時候，在我們多次相互向彼此提供高度情緒價值的時候，我願意承認，承認你在我心裡的分量已經超過我的想像。

沒什麼好不承認的，我只是害怕，害怕這個世代，身邊的人都來得太快、又走得太輕易，而我不希望你也如此——一邊說著無論真實的我是什麼模樣都不會感到失望，卻又一邊放棄我。

儘管明白這才是人生常態，但我依然感到難過。

我們是怎麼走到了這個地步？

所以我為什麼要寫這封信呢？只是有點不甘心。

陷在愛意和溫柔裡的時候彷彿充滿了勇氣，甚至不懼怕去談論所謂失去之後的事情，但是為此感到痛苦的時候，又會想說為什麼得不到。

隨著時間留下來的還能有什麼呢。

不知道，所以總是無端感到傷心。

有些後悔了，這封信應該十年後再寫給你，那時候的我們應該已經擁有足夠的從容能去應付每一種失去了，而不會像我現在這樣，哪怕哭腫了眼仍不肯釋懷。

但算了，那時候的我或許都忘記你了。

愛要發生，愛是當下。

你深情又絕情，我們沒有什麼不同。

我確實埋怨你，但我也感激你。

我們之於彼此也曾有過意義。

就這樣了吧。

最後一次祝福，祝福我們的人生在失去彼此後依舊精采，像不曾遇見過那樣。

連紙張都盛不下墨水的情意
然後不再期待收到誰
偶爾的問候
已是一場成功的革命

冬天休眠之前
找一個人
要愛得隱晦又熱烈
把收藏的晴朗平分
再一起私奔

生活會比我想像的更好對嗎

致生活

每天早上都為自己
泡上一杯蜂蜜水
為花瓶換上更新鮮的花
把棉被曬暖

就像心裡的漏洞可以輕易
被巧克力填補
仍有破綻但
枕頭終於不必陪著哭

寫信給秋天的時候

只是

致悵然

說來可惜。

在我終於開始理解，為什麼人們會選擇信仰那些遙不可及的渴念和熱望，為什麼會願意在冷寂的清晨搭上第一班公車去見另一個人，於是也想試圖交付一生溫柔的時候，我已經不相信你了。

迷信

致催眠

為了得到
理想的結果
塔羅又或占卜
都日常光顧

你只是不想記起誰
已經離開了很久

我們過著普通的一生

致平凡

醒在沒有陽光的早晨。
厚重的窗簾遮蔽了不必要的社交、虛偽與窺探，所有人都忙著交換面具和傲慢，可是只有我知道，自己並沒有那麼多的故事可以訴說。
人們似乎都在期待著能分享故事的每一刻。

我細細數著那些沒有實現的妄語，虛構著美好的明天。
為此，我在牆上貼上一張又一張新的照片，如同一個旁觀者，只為記住靈魂破洞與扭曲的時候，好比在蚊子叮出的腫包上壓出十字痕跡來試圖止癢。

被定格在某些人生命裡的某些片段的、關於我的一切，鋪平了半生也看起來單調無趣，總歸不是那種失去旋律後依舊讓人感到驚豔的歌詞。
一時竟也不知，該如何做才能深刻誰對我的印象。

那時候，如上了癮般亟欲出走，去了許多他鄉，夜晚的河與背後的山景全都融入墨色的布幕裡，被燈火映射的粼粼波光像互道離別時的盈盈淚珠灑落，繾綣而眷戀。
忽然就對過去某些難解的困惑有了答案與意義，於是每到一個停靠站，就會寫一張明信片寄回家，精準地計算著每一次想念的限度。

一邊行走、一邊祈禱、一邊沉迷，也一邊牽掛。

接下來，又會擁有怎樣的際遇呢？
當能夠義無反顧地獨自穿過燃燒著歲月的焦土時，或許已經不會在意，抵達的是樂園還是深淵。

瘀青

致青澀

決定做你的瘀青
散了就散了

大不了重新來過

長壽的秘訣

致遺憾

和你說一個不知道算不算悲傷的故事吧。
很久很久以前，有一隻獸，靠著吞食人類的遺憾而活，於是牠飽食終日，甚至活得比人類還要長久。

真實的虛假

致謊言

不要相信神明撒的謊
你說這個世界
就是證據

我又哭又笑
因為你也是

還能記住的事

致徒勞

今天突然想去看海，於是收拾行囊，但是在即將啟程之時，卻下起了滂沱大雨。窗外的天色翻湧，如同一隻巨獸，一點一點蠶食掉自己多餘的妄念。

有一片烏雲掉落在我的掌心上，我洩憤似地一口吞掉，像吞掉那些打算跟著眼淚一起逃竄出來的回憶一樣。我只能坐在沙發上發呆，可是從下午一點等到四點也沒有等到放晴。
以為有望的等待和早知無望的等待，竟一時分不清哪種更讓人絕望。

上一次看海是什麼時候？
大概是想起你和我說，看海心情就會變好的時候。

當時你說得篤定，我沒有相信。
你說，我還能相信什麼呢？當沒有承諾的時候，我更願意相信的是所謂的科學依據——可是你既不給我承諾，又拿不出證據。

那天陽光明媚，週末的海邊人滿為患。
有張張飽含純真的青春臉龐，也有張張歷經風霜的慈悲容顏，相同的是他們成群結伴，熱鬧圍繞，沒有誰落單。
我獨自走在海邊，猶如站在世界的邊緣。

你又騙我。看了海以後我還是傷心。
是那種被整個世界拋棄一樣的傷心。

聽起來很矯情，如同那時候為了留住你而多說的話，好比給自己赤裸的軀體蓋上一張不怎麼保暖的被子，卻始終不起身穿上衣服一樣毫無意義。

已經沒有任何意義了。
看海或是不看海。傷心還是不傷心。

是什麼時候決定放棄你的？不記得了。

最好的祝福

致時光

「要好好長大哦。」
小時候家人這麼對著你說。

「要平安健康哦。」
長大後你對著家人這麼說。

有生之年

致

萬

愛

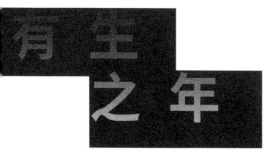

不遺餘力地去愛吧

愛每種模樣的自己

愛那些愛著自己的生命們

愛無所不知又冷漠的神

愛一切的潰爛與脆弱

愛遙遠且古老的歌謠與歷史痕跡

愛那年風吹起的青春的裙襬

愛殘破不堪又敏感的靈魂

愛歲月為你留的髮

愛生活與思想碰撞出的混亂

愛這無垠宇宙

愛永不落下的雪

愛隨時隨地都有的激情和痛苦

愛附著雙眼的悲傷

愛那些不會兌現的諾言

愛所有不見光的過去

愛無疾而終的夢境

愛從未存在的理想

再花上半生去等

等一個不會回來的人回來

皮囊之下

致兇手

1

愛是把向著自己的刀，受傷與否取決於你將它交給了誰。

2

晚高峰的地鐵是難以忍受的。

像是整個城市裡的人，全部變成壓縮餅乾被一口塞進嘴裡似的，而車廂內貼著的海報滿是黑色幽默，整個空間裡混雜著各式各樣的氣味。

每個人的臉上或多或少都顯現出疲態，有時候並不需要酒精或是尼古丁來刺激睡眠，唯一需要的是對生活和對自己的忍讓與寬容。

身在其中，我的庸碌顯得如此平凡，偽裝的灑脫絲毫不起作用。

當行駛中的地鐵又在某一站停下，有人走、有人來，我一退再退，直到靠上一具溫熱的胸膛。我感覺安心，因為知道身後的人是值得信賴的艾維斯，他攬住我的肩，形成一個保護區域。此刻我就是他領地的羔羊，他如此輕易地為我抵擋所有的推擠與吵鬧。

艾維斯低聲詢問我還好嗎。

我只是搖頭表示一切安好，艾維斯向來那樣體貼，我打趣說，要是以後沒有他和我一起搭地鐵，該怎麼辦才好。

艾維斯開玩笑地說，只要我需要，他隨時都在。奉獻般的忠貞與絕對服從。

已經忘記是從什麼時候開始，我們鮮少與彼此傾訴我們得到又或失去的那些，我們不需要交換故事或失落來證明彼此的重要性。在某些微末的時刻，我們就能感覺安穩，感覺自己被明確地在意著。

比如此刻。比如意識到能夠陪伴彼此的時間已經不長的時候。

很快地，我們就要離開這座城市，就要各奔東西。

到站後，出了地鐵，我同艾維斯並排走著。

路燈昏黃，我看見有人在我們的不遠處嬉笑打鬧，有人忙著道別，有人匆匆與我們擦肩而過，朝著我們身後的地鐵站奔去。

沒有人要為誰留下。

沒有人是失去誰就不能活的。

晚風拂過，艾維斯柔軟的金色頭髮已經長過耳垂，蔚藍的眼看什麼都深情如斯，他嘴裡哼著輕快的曲，對生活依然溫柔得彷彿從來沒有失去過亞瑟。

應該說，艾維斯一直在等，固執的他在等亞瑟回來給他一個合情合理的苦衷，去釋懷他日復一日的煎熬與忠誠。

無悔的相信與愛是如此令人動容。

艾維斯有時候像一幅怎麼拼也不拼完整的拼圖，有時候卻又天真得像個還會相信吸血鬼真實存在的孩子。

艾維斯擁有亞瑟已經失去的真誠與坦然，他的愛是子彈，像那時候亞瑟說要離開且不知歸期，而艾維斯毫不猶豫地就說會等他回來一樣盲目但決絕。

最後一晚，他們交頸而臥，共享體溫，宛如兩具相連且永不分開的雕塑，默契地不去辨別枕頭上的溼意是誰流的眼淚。

亞瑟沒有說抱歉，艾維斯也沒有說再見。如同艾維斯默許亞瑟的出走，亞瑟也默許艾維斯的等待。

介於擁有與失去之間的灰色地帶似乎比任何一種情節都更為抒情。

距離亞瑟的離開，已經過了三個月又十七天。

我側過頭，看著艾維斯眼下日益加重的青色，知道他故作輕鬆的姿態下，藏的是萬千焦慮、忐忑與不安。我知道艾維斯心裡早有決定，不妥協的樣子像是即將奔赴戰場的勇士。

艾維斯不知道該向誰禱告，他不信神，他相信他的愛人。

3

一月冷到讓人牙齒打顫時沒有下雪，卻在四月下了幾場雪。

這一點也不正常，來到這座城市已經那麼多年，我從未見過下在四月的雪，如此荒誕，近年來陰晴不定的天氣像極了不斷與戀人吵架而鬧彆扭的青少年，毫無邏輯可言。

這樣的冷是會讓人出現幻覺的，彷彿是浪漫主義的陷阱，著急將人類拖入漩渦，好像在說著——就該在這個時候談場義無反顧的戀愛啊。

然而在辛西亞又一次陷入愛情的時候，我正在忙著與世界和解，忙著把生活的潰爛一一縫補，儀式性地醒來又睡去，錯過花開的最好季節，也錯過了辛西亞傷心的開始。

說實話，這已經不是一件稀罕的事情了。辛西亞總是如此。

我從冰箱裡拿出上週蘿拉帶回來的生薑啤酒，遞給坐在沙發上，不知道才剛從哪裡回來、把妝都哭花了的辛西亞。

我說，妳還是太天真了。妳從來不拒絕受傷、不拒絕全然付出，妳愛人的時候滿身破綻，但妳總是覺得自己很無辜。

辛西亞喝著，卻突然嗆了一口，哭得更心碎了。

她很失望，在從情人身上獲得高度的情緒價值後，感覺自己是如此被愛與被信任，於是便迫不及待地揭露自己所有的累與脆弱。

這樣的坦白與誠實並不總是能換來同等的什麼，情感從不是買賣。

辛西亞是真的不知道嗎？不，她肯定知道的。

只是她向來臣服於這樣熱烈又高調的唇齒相依，她想像自己這一生因他人而產生的壯麗情懷都該被載入史冊內，等待後人去翻閱。

她的愛是謀殺，總要愛得面目全非。

聽著辛西亞的話，艾維斯笑了，笑得像被燈燙傷的夜。

他說，沒有用的，那些人征服妳只是為了妳的美麗和神秘，而不是因為看見了妳的傷口。妳的傷口對他們來說一點用處都沒有，他們並不想撕裂妳漂亮的表象，他們寧願接受虛偽的溫柔，而不是可能的毀滅。妳要一直假裝下去，才會有人一直接近妳、試探妳。只要等到、等到那個願意看見與接納妳的傷口和苦痛的人出現，妳就會知道，無所謂痊癒不痊癒，甚至要一起毀滅，都會心甘情願繼續下去。

不然能怎麼辦呢？

她過往的戀人都渴望她能夠永遠保持神秘感，以此滿足他們隱密的征服欲；就像她也暗自期待他們能說些盛大而深情的謊，渴望他們能夠成為自己的痊癒。他們消耗彼此，相愛的模樣如同兩個老舊的齒輪因為相互磨損而不斷發出尖銳刺耳的聲音，那樣悲哀。

沒有誰是誰的止痛藥。沒有人能是。

不知道哪一天，但總會有一天，辛西亞會明白的。

這時，辛西亞的電話響了起來。

是艾維斯替她從茶几上拿給她的，辛西亞毫不避諱地接通、擴音，對面吵雜的聲音刺得讓人耳朵發疼。

是辛西亞的朋友們，問她要不要出來玩，來他們經常光顧的那間酒吧。

辛西亞答應了，從沙發上站起身，就要往門口走去。

艾維斯喊住她，貼心地提醒她是否應該整理好自己再出門，手指也不忘往臉上比劃，暗示得不能再更明顯。

辛西亞懂了，然後分別給了我們兩枚飛吻，丟下一句有何不可，轉身出門去了。

艾維斯彷彿被逗笑了，拿起辛西亞留下的生薑啤酒，一口氣喝光。

我的天，真是個瘋女人。他說。

我跟著笑。

4

今晚的月亮圓得不可思議。

外頭依舊燈火通明，風聲混雜著各式各樣的聲音從敞開著的窗戶縫隙竄進來，我感覺到了陣陣涼意，但仍不算冷。

看著餐桌上逐漸失去生命力的黃色玫瑰，我忽然開始懷念起我在這座城市裡遇見的每個人。每個人都在不必要的時候有所保留，卻在某些時刻毫無防備地坦露自己柔軟的肚皮。

這世界複雜的從不只是情愛或關係，真奇怪。

我拿起留在桌上的一袋麵包，這是蘿拉留下的，說是學校附近剛開的那間麵包店最火紅的產品，她排了好長的隊伍才買到，吃過以後說是她近期認為最值得的麵包。

我不信真的有那麼神奇，但我還是收下了她的善意，這畢竟是她花上寶貴的時間去為我們爭取而來的，不是嗎？我在乎的是她對我們的無悔付出。

蘿拉和奎恩自從相互坦白心意以後，已經在一起很長一段時間了。

他們時常一起探索這個世界，共同踏足了許多地界，對其宏偉的歷史產生共情，並且享受這種抽象但偶爾具體的心靈交流。

我好像從來沒有見過他們吵架的樣子。

他們在方方面面都和諧得宛若天造地設，有時候甚至會不自覺地羨慕他們，他們之間的發展在把結解開以後就如此順理成章，這樣純真且不計得失的情感多麼難得。

可以說，他們是對方最可靠的伴侶。
他們之間的愛如此具有殺傷力，光芒萬丈。

這幾天，蘿拉和奎恩一起去旅遊了，整個宿舍裡只剩下我、辛西亞和艾維斯。

辛西亞成天忙著尋找新歡，她說這是為了忘記舊愛，一場大膽又看似合理的冒險。我並不打算多管閒事，辛西亞或許早就知曉獲得幸福與否與和誰在一起沒有任何關聯，她學會愛著自己的愛情，而不是會使她傷心的誰，她正在成為一個成熟的狩獵者。

至於艾維斯。對了，他正在忙著整理行李，他和辛西亞是不一樣的，因為他堅信亞瑟並不是誰都能替代的。他是如此狂熱，彷彿一生的愛意全下注在亞瑟身上，而現在他終於決定去拿回他的籌碼。

天氣早就回暖了。
久違地，從來不認為自己需要任何牽掛的我竟然感覺有些孤單。我抬頭，盯著明晃晃的燈，忽然覺得是時候關上窗了。

說起來，這些日子以來，也不是沒有遇過認為值得交付的人，只是越與誰親近，越感覺自己的勇氣與柔情全是虛張聲勢。於是開始感到恐慌，對於與他人建立親密關係，抑或是可能因此失去的自我。

並不是多渴望寄託，我不需要靠著信仰活，而真誠的愛珍貴無比。

只是，只是我的愛長在沼澤裡，向來無人問津。

5

夏季的白日長得像擁有無盡的時間可以揮霍。

散步到河畔，河面波光粼粼，像極了不知道哪路神明陡然經過，撒下了一把滿天星。零零散散的人群各自形成各自的圈，明明季節已更迭，但仍不妨礙人們在彼此的眼睛裡尋找春。

我一手抱著一大袋從店裡買來的、新鮮出爐的麵包與甜點，一手端著之於我來說永遠不會膩的冰拿鐵，學著他人那樣沿著河岸邊坐下。

來到這裡之後，我開始享受偶爾的孤獨，孤獨是生命中上好的養料，是聲色犬馬的生活中不可缺少的一部分。只是過往在家鄉的所有人還是習慣被熱鬧包圍，一個人走在街上又或是一個人吃飯都彷彿被全世界拋棄一般，從不被允許落單，也不允許享受孤獨。

風拂過，夾帶著一絲燥意。

艾維斯在一週前離開了，我想現在這個時候，他應該已經找到亞瑟了吧。他們之間的信念是如此強大，好似沒有任何外物能夠迷惑他們的眼，他們清楚彼此的是非與底線，愛得如此乾淨利落。

——艾維斯確實找到了亞瑟，在一座濱海小鎮。那裡美麗得簡直是個烏托邦，所有居民都是從亂世中逃出來的，從此決定活在真實世界的童話裡。

亞瑟明晰地記得與艾維斯重逢的場景。

是那天早晨，他帶著自己的口琴去到了橋邊，彎曲的背脊是城市的輪廓，瞇起的灰綠色眼睛如同絢爛過後的煙塵。然後在回去的路上，突然間看見了一個熟悉的人站在某個街口，拖著一個行李箱，正準備要過馬路。

是艾維斯，他怎麼可能會認不出來。

亞瑟不知道艾維斯看見自己了沒，艾維斯是一個隨時隨地都能投入專注的人，在一次次落空的失望中，他依舊不懈地在人流裡尋找亞瑟的身影。

亞瑟在這一頭哭了，可能是因為不知道艾維斯究竟有沒有看見他，也或是因為清楚艾維斯在找他。

他看著愛人找他的樣子哭了。

他們走向彼此、走向命運，如同一場聖禮，在經過日夜不停、數千甚至數萬次的祈禱以後，從未有過信仰的人們終於願意低下自認高貴的頭顱，求得上帝的垂憐與恩寵。

亞瑟聽見艾維斯說，見到你真高興啊。語氣是輕快且愉悅的，沒有一絲埋怨的意味，平和得像他的離開之於雙方只是一趟短暫的旅行，不談論同情和原諒能不能在某些時候劃上等號。

他已經忘了當初有沒有說再見。應當是沒有的。

但無論有沒有又如何呢？亞瑟感覺自己的心跳聲越來越大，彷彿下一秒就要跳出胸腔一樣，他看進愛人蔚藍色的眼睛深處，輕聲說道，很高興你來了。

——很高興你來了，艾維斯，我的愛人。

亞瑟帶著艾維斯回到了他在這座小鎮的落腳處，放下行李、簡單收拾以後，他們決定趁著天還亮時去海邊走走。

艾維斯看起來放鬆極了，不知道從哪裡折射來的光線慵懶地停駐在他的髮梢上，金燦燦的。亞瑟拉過他，閃避掉了一個踩著滑板橫衝直撞的少年。艾維斯驚詫過後便笑咪咪地轉過頭，給了愛人一個吻，表示作為謝禮。

亞瑟想，或許一生的美好都匯聚在此刻了吧。

他一瞬間就釋懷了過往的自我憎惡。

藏著一身貪與欲，向來不見天日，想著或許一生到頭，只有自己能參加自己的葬禮，然而卻有人乍然闖入自己的領域，帶著一腔赤誠邀請自己共舞。

他發現在被愛意沐浴時，終於能毫不畏懼地站在陽光之下。

6

愛是病，愛是痊癒，愛是啤酒上的泡沫，愛是失望後仍然保有期待。

潮漲潮退
月亮都趁星星眨眼
低下頭來親吻你

該從哪裡講起你
把夜色和氧都還給你
你說可以
從我丟失的那一半講起

該從哪裡講起你

致奧秘

該從哪裡講起你
請讓我先拿起望遠鏡
從宇宙中無數且流動的
塵埃裡組成你

該從哪裡講起你
如果你比浪漫還未知
我必須為此不斷
發想適合你的詩句，或歌曲

該從哪裡講起你

常態

致必然

下午五點的地鐵就是一場災難。
不斷推擠的人群、悶熱的狹窄空間，和那彷彿無止盡的路途。

在退後的時候，我感覺自己的頭輕輕碰到了什麼，稍稍側過頭看去，猛然被一頭燦爛的金髮晃到眼，才發現碰到的是那年輕男生握著扶桿的手。

人逐漸多了起來，我一退再退，知道自己不只碰到了他的手，可他卻沒有任何退後的跡象。或許是他也無路可退，我沒有在意太多，畢竟擁擠就是地鐵裡會發生且無可避免的日常。

直到某一站，幾乎整個車廂的人都下了車，窒悶的空間終於有了喘息的餘地。
剩下我和他。

我找到位置坐下，餘光就見他似乎有些茫然地環顧了一下四周，明明周圍全是可供他選擇的空位，他卻在短暫猶疑過後，在我旁邊坐了下來。
一路無言，萍水相逢的陌生人之間也無須言語。

終於到我該下車的時候。地鐵進站，緩慢停下，我起身的那一瞬清楚感覺到他的目光從手機上離開，從而轉移到了我身上，他似乎想說什麼卻又說不出口。
他就這樣目送我下了車。我沒有回頭看他一眼。

他想說什麼呢？不會知道了。
會再遇見嗎？也不重要了。很快就會忘記。
這座城市說大不大、說小不小，有些人會一直遇見，更多人不會。

大概吧。無疾而終是常態，有些事情甚至沒有開始過。
也不會有開始。

紋身

致紀念

我用玫瑰指認你
犯下的罪行
無人能辨別那個吻
是不是昨天清晨
停留在我肩上的
蝴
蝶

第一次也是最後一次見面

致平行

我們約定好今晚都要前往那場派對。
「如果我們能在現場找到彼此的話，那我們就正式約會一次吧。」

派對現場擁擠過了頭，寸步難行。
我在一片昏暗的燈光下拚命尋找你，好不容易看見似乎是你的人，但你完全沉浸在巨大的音樂聲與高熱的氛圍裡，手上還拿著個酒杯。

凌晨回到家，收到你遲來的訊息和一個影片。
「好可惜今晚沒有見到妳。」你說。
影片是你拍下的混亂現場，在某一個停頓點我看見了你露出的衣角，確認了昨晚看見的就是你。

好可惜啊。
你甚至沒有認真尋找過我。

請替我轉告
那時候的我

致餘生

這一輩子
沉默的時候太多
真話說得粗糙
寂寞熬得太老
剩下的都不再重要

老了以後想
應該開一間花店
給每個路過的人都
獻上祝福
試圖止住世上所有
流血的傷口

收集往事的斑駁
造一座河流壯闊
被悔恨吞沒過
知道再怎麼虔誠許下的願望都
注定落空

被命運偶爾的仁慈迷惑
沒有人怪罪也
沒有人在意只是
牛仔褲上的破洞還是越來越大了

要這樣告誡自己
還能做夢但

下一輩子
不要太早想著下一輩子的事

偽童話之一：如果人魚不會哭

致失聲

怎麼又是這傢伙。

凱西面無表情地看著昏迷不醒地躺在自己洞穴外的那條雄性人魚。

這已經不是她第一次見到他了。

這條名為伊凡的人魚，在半年前，以他優美的聲音為代價，向作為深海女巫的她換取了能夠將魚尾變成雙腿的魔藥，只因為他無可救藥地愛上了一位人類女孩。

噢，真是天真又單純。

在世人眼裡作為邪惡、詭譎與黑暗代名詞的女巫，根本無法理解這種荒唐的想法。凱西對此嗤之以鼻，但她向來不會拒絕上門的生意。

本著職業道德和為數不多的良心，凱西當時依然如此告誡：

「這本就是不該存在的禁藥，如果你執意要擁有人類的雙腿，當你在陸地上行走時，就必須要時時刻刻忍受刀割般的疼痛。」

「沒事，我曾在尖石與熔岩上跳舞，這對我來說並不是一件難事。」伊凡溫柔地說道，像是在試圖安撫凱西多餘的擔心。

聞言，凱西不禁想像了一下人魚扭動著尾巴跳舞的模樣，面色古怪，卻也沒有想將對話繼續下去的打算，逕自把這句話解釋為交易已經達成。

「既然你願意，這藥水就是你的了。」凱西從滿是瓶瓶罐罐的櫃子中拿出一個紫色的小玻璃瓶，朝著伊凡扔去。

「那麼接下來，就將你那能唱出動人旋律的美妙聲音交給我吧。」

＊

然而此刻，凱西看著伊凡那美麗無缺的魚尾，陷入了沉思。
當時她並沒有告訴他恢復成魚尾的方法，所以他是怎麼恢復的呢？
她猛然想到一個大膽的猜測。然後她低頭，對上了那雙如寶石般湛藍卻失去焦距的眼睛。

「你醒了？那就趕緊離開吧。」凱西毫不留情地下了逐客令。
伊凡回應了她一串意義不明、如野獸般的嘶啞聲音。
「對了，忘記你沒有了聲音。」凱西有些苦惱，她在伊凡面前蹲下，仔細一看，才發現他的瞳孔裡有一片不正常的白，如霧般遮蔽了他原本清明的視線。「咦？看不見了？」

凱西並不是很情願將伊凡的聲音交還回去，畢竟這已經是屬於她的東西了。而面對現在無法溝通的窘境，她更是只想嘲笑他的自作自受……

一隻手胡亂抓住了她垂在胸前的一綹頭髮。

「真是個大麻煩。」思索一陣過後，凱西咕噥：「算了，看在你這麼慘的份上，先把聲音還你吧。」

若是她的母親得知她竟如此善心，等同於做了賠本生意，肯定會狠狠教訓她的。

「對了，你是怎麼恢復魚尾的？」凱西是真的很好奇。

伊凡欣喜自己在時隔半年後又能夠說話之餘，總算想起了方才聲音的主人正是曾與自己做過交易的深海女巫。

人魚對於聲音的辨認與頻率是相當敏銳的，在他失明後尤其。

凱西眼睜睜地看著伊凡在聽見她的問題後，精緻俊秀的面容瞬間染上了悲傷與哀戚，接著他泫然欲泣地說道：「因為我發現露安娜並不是真的愛我，只是喜歡我帶給她的價值。」
「什麼價值？」
「人魚的眼淚會化作之於人類來說價值連城的珍珠。」
凱西噎住：「……所以你把眼睛哭瞎了。」甚至為此再也流不出眼淚了。

凱西被伊凡的愚蠢徹底震驚住了，竟詭異地覺得他有些可憐。不對，說來說去也只解釋了他的失明。於是她又問：「那這和你恢復魚尾有什麼關係呢？你該不會……」
伊凡努力回想，「我也不知道怎麼回事，我太傷心也太生氣了，趁著露安娜熟睡之際，我闖進她的房間，並用匕首插進她的胸膛，溫熱的血噴濺上我的皮膚。後來我感覺自己的魚尾隱隱約約有要恢復的跡象，這才趕緊回到海裡。」

凱西懂了，伊凡是誤打誤撞恢復魚尾的。

畢竟她沒有告訴他，只要愛人的心頭血滴落在腿上，就能夠恢復原樣——歌頌著愛的偉大，甚至付出珍貴代價只為換取人類雙腿的人魚，有一天竟會把自己的愛人殺了。好有趣啊。他恐怕並不愛那個人類，也或許他根本沒搞懂愛是什麼。

凱西聽著他的廢話連篇的同時，試圖從他的臉上看出任何不捨或心碎，可顯然沒有。
說起來，人魚擁有極具欺騙性的漂亮外貌，看起來是如此脆弱迷人，但攻擊性卻不容小覷，殘酷凶暴才是他們的天性。

「所以，你喜歡那個人類什麼？」
凱西向來獨自一人住在這幽深的洞穴裡，來尋找她的人都如伊凡一樣，想進行滿足欲望的交易。她整日面對各式各樣製作藥水的材料與書本，沒有任何娛樂可言，難得出現一個話多的活物，自然想聽聽他那充滿戲劇性的經歷。

「露安娜是我見過最美麗的人類。」伊凡用著懷念的語氣說道。
好膚淺。凱西忍不住吐槽。
但換個角度想，人魚確實容易被各種好看的東西吸引，所以能被其稱讚容貌，的確是一件值得慶賀的事。

「……就這樣？」
「就這樣，我無可自拔地愛上了她。」
凱西哽住，「好，看來你休息夠了，趕緊走吧。」
早知道不要把聲音還給他了。

伊凡很委屈，他不明白為什麼這個女巫的情緒轉變如此之快，但他也同樣明白自己在這裡就是一名不速之客，對方沒有傷害他已經很好了。

更何況，凱西還將他的聲音還給了他——

「我想再和妳做一筆交易。」

明明目不能視，伊凡卻準確地拉住了凱西斗篷的下襬，她的步伐因此被迫停下。
來了生意，凱西自然不會拒絕，「你說。」
「妳真是個好人，我能經常來找妳聊天嗎？」伊凡單純地想，無論如何，沒有誰會比虛情假意的露安娜更惡毒了。
凱西愣住，隨即惡劣地笑開了，「可以啊，用你的聲音來換吧。」
「好啊。」
「……蠢貨。」

慢性自殺

致倒數

我們一生荒度
懷抱希望
都在等待那一次
最輝煌的爆炸

掉進黑洞的簡訊

致未讀

2017年6月2日 下午12:12
你的手機型號還是一樣的嗎？

2017年6月2日 下午12:13
對啊，怎麼了？

2018年6月29日 上午10:41
不是了。

無聲煙火

致庸碌

在車窗上結成的霧氣
畫一顆愛心，再擦去

所有人都為了耍酷
偽裝不在乎
於是一生世俗
也一生庸碌

直到被記憶判了死刑
才忽然懷念起純潔的裙襬拖曳出
躁動的美好幻想

蟬鳴與驪歌奏響的遺憾
尚走不穩的高跟鞋
滾燙的夢
無數次等待消息的焦灼
為無心之人輾轉
難眠的每一夜

宇宙裡渺小的我們啊
不滿未知與永恆以外的喧囂
而愛從未清白過
怎麼還小心翼翼地期待著
圓滿和相擁

似乎忘了當年

說好的再也不見

偽童話之二：公爵的貓

致真心

傳聞中，公爵有一隻從小就養在身邊的貓，可愛又憐人。
他換過無數任的妻子，可與其相伴的一直是同一隻貓。

前幾日，他的第五任妻子又因為他的貓與他發生了爭執——妻子認為丈夫花在自己身上的時間與心思少得可憐，還不如一隻貓。他的前幾任妻子也為此向他抱怨過，甚至有人試圖殺死他的貓。
公爵很苦惱，他害怕舊事重演，於是他求助了信任的屬下。

他不明白這有什麼值得在意的，他的貓陪伴了他三十多年，沒有誰能夠替代牠在自己心裡的位置。他這麼說道。
屬下也很苦惱，他向來口拙，說不出什麼好聽話。
「……大人或許不曉得，您在夫人心裡也是如此，作為將要相伴一生的對象，她自然會希望自己之於您能是獨特的。」
而且貓之於您是重要的，但對於夫人並不啊。每種人事物之於不同人的重要性從來都不相同。後面這句話，屬下沒敢說出來。
公爵自然不知道屬下心裡的想法，接著說道：「可是，我的貓也是我的獨一無二啊。」

公爵作為高位者這麼多年，已經難以輕信人心，因此他根本不相信，才相處幾個月的妻子會有多深愛自己。
他不能忍受有人想傷害自己的貓。
只有貓不會背叛自己。

公爵低頭看著懷裡溫馴安靜的貓，露出一抹笑，卻又很快隱下，旋即換上的是擔憂與哀傷的愁容。
他的貓向來乖巧，再加上已經過了活潑愛動的年紀，大部分時候只是懶洋洋地蜷在他身邊，偶爾向他撒嬌，一天天這樣度過。

其實貓的壽命根本無法如此長久。
是靠著公爵花上大筆金幣與人力找來的強大魔法師續命——
這種違逆自然法則的魔法，當然需要付出額外的代價。

為了使魔法成功，魔法師交代公爵，需要他與他的貓時刻相處在一起，並且陪伴彼此創造各式各樣的回憶；還需要公爵持續付出無盡的愛、責任與關懷，來悉心照料因為年老而體弱易病的貓咪。
顯而易見的是，這些對公爵來說都絕非難事，他心甘情願。

近日又到了該要施展魔法的時候。於是他請來魔法師，只是這次，魔法師卻語重心長地告訴他，不能再繼續下去了。
「為什麼？」公爵只要一想到愛貓會徹底離開自己，他就感到無限的惶恐與悲傷。

魔法師摸了摸自己灰白的鬍鬚，嘆息道：「您將自己的壽命過渡給您的愛貓，如果再這樣下去，您也會失去性命的。」

「我不在乎！」

「可是您有沒有想過您的貓呢？牠愛您如您愛牠，牠肯定不希望您為了牠而傷害自己。牠能夠陪伴您這麼久，或許也認為生命足夠圓滿了吧。」

似乎是在回應魔法師的話，貓咪輕輕喵了一聲，用臉蹭了蹭主人的衣袖。

魔法師憐愛地看向公爵懷裡昏昏欲睡的貓，「看起來，您的愛貓也認同我說的話呢。我想，牠肯定覺得自己很幸運，能夠遇見您。」

是啊，陪著他一同長大，陪著牠一起老去。

公爵眼眶溼熱，撫摸著貓的毛，貓咪似乎感到舒適與安心，發出呼嚕呼嚕的聲音。

魔法師決定給公爵一點時間消化，最後只留下這些話：「感到遺憾是正常的，可是能夠遇見已經很幸福了。回憶是用來懷念的，所以我們更應該珍惜當下。」

因為覺得一輩子太短，所以用力深刻。
這正是他們相遇的原因。

魔法師在離開之際，微笑著看了眼一人一貓的溫馨場面，再悄悄闔上了門。

哎，哪裡有什麼魔法呢。

我們是粉紅色的

致密語

我和你用著之於彼此都不是母語的語言交流著。
某天你喝醉了，用你的母語說了一段話傳給我。
我聽不懂，只好交給翻譯軟體。
而翻譯顯示：我不會告訴妳，我覺得妳很可愛，這將永遠成為我的秘密。

我用我的母語回覆了你。
「但我必須告訴你，我也覺得你很可愛。」

我愛你

我不相信你

無解

致 答案

All About You

我們應該一起出席那年春天的葬禮

致選擇

I

「我們身處的世界是由我們不同的選擇所組成的。」

希瑟曼在後來才恍然大悟。

II

春天應當不是陰雨的棲息地。然而在這般肅穆且哀慟的場合下，比起清風和花朵，似乎更加適合作為此刻烘托氣氛的道具。

這是一場葬禮。可說是一場葬禮都顯得過於潦草單薄。

但與其他戰士在殘酷的戰爭下失去生命意識後，被隨意埋葬甚至置之不理的慘狀相比來說，已經充滿足夠的儀式感與悲傷。

儘管前來哀悼的只有兩個人。

希瑟曼站得很遠，懷裡抱著一束花的簡似乎沒有看見他。

青年壓低了帽簷，退到樹蔭處，如此將自己更好地隱匿起來。坦白說，出於難以啟齒的負罪感和膽怯之心，他不希望簡看見自己。

畢竟哀悼的對象是她的丈夫，也是他的好友——恩佐。

而且……是他害死了恩佐。

III

「還沒死，真好啊。」

「嘖，我說恩佐，你能不能有一次是不帶任何傷口和血腥味來見我的？」

聞言，那滿身髒汙和斑駁血跡的青年捂著腹部的彈孔，不顧疼痛地笑了出聲，彷彿聽見了什麼天大的玩笑。「可是希瑟曼，這不就是你作為醫生的職責嗎？」

希瑟曼冷笑，俯身為他處理傷口的手毫不留情地按壓下去，使得恩佐狠狠倒吸了口氣，才忍住幾乎到了嘴邊的喊痛聲。

整個醫療間滿是痛苦的呻吟與嘶吼，就算再多一個聲音也不會顯得突兀。

兩人自然心知肚明。

但這似乎已經成了恩佐的下意識舉動，他從不會在敵人面前示弱，在戰場上根本沒有給他機會去計算自己究竟受了多少傷，連對疼痛的反應都顯得過於後知後覺。只要不被徹底收割生命，這一切都無關緊要。

他用一身傷痕當作一生的榮耀勳章，並以此為豪。

這場恍若漫無止境的戰爭開始了多久，希瑟曼就認識恩佐有多久。

說起來也是有些奇妙，他經手過的傷患沒有上萬也有上千，而醫護人員哪怕再稀缺，也不至於讓他每每都能碰見恩佐。

可為什麼他偏偏記住了他呢？

大概是因為他的眼睛吧。

那陣子風雪交加，在這樣極端天候下的戰役必然誰都討不了好處，也是希瑟曼這些醫護人員最為忙碌的時候。室內的火燒得旺盛，柴木燃燒後的奇異香味和無法避免的血腥味混雜在一起，稱不上有多難聞，但長時間下來總有讓人反胃的感覺。

當時的希瑟曼實踐經驗確實不足，頭幾回見到戰士們慘烈的傷情時，他都面色蒼白，死命忍住想嘔吐的衝動，盡職完成身為醫護人員的責任後，才在無人的角落蹲下。他乾嘔著的同時，眼淚不由自主地淌出來。

「咦，你是剛進來的吧？不對……原來是醫生啊。」

一道帶著輕快笑意的聲音突兀地響起，但聽在希瑟曼耳裡，他只覺得對方是在調侃自己——像是在說明明就是負責救人的角色，怎麼如此軟弱無能。

他忿忿地回頭，毫無防備地對上對方那雙同某人極為相像的灰藍色眼睛，一時之間竟愣住了。

＊

希瑟曼看著好友因為獲得一場小小戰役的獲勝而難掩喜悅的面容，那雙明明早已見過各種泯滅人性的殘忍景象，卻仍懷抱著對於未來的希望和莫名的自豪，慷慨地向他們心中所謂的正義傾付忠誠與勇氣的眼睛。

分明早已被洗腦得不輕，愚鈍得可笑，但他竟然有些羨慕。

或許這樣日子會更好過一些吧？

希瑟曼斂下眼，仔細處理完恩佐身上要緊的傷口後，環顧了一周傷患的等待情況，沒多浪費時間。「好了，剩下的去找其他人幫忙包紮吧。」

「行。」恩佐稍微動了動負傷的手臂，咳聲嘆氣地從椅子上站起，「讓簡看到又要被罵了。」

「簡作為你的妻子，自然是關心你的。」希瑟曼一邊收拾，一邊回道。

聽起來可能有點敷衍但卻是絕對真心的實話。

簡與他一樣是以醫護人員的身分進入的軍隊，而同時她也是恩佐的軍眷。

在這個動盪不安、征伐不斷的亂世，無論是作為子女、夫婦抑或是父母，能擁有一個健全的家庭實在是一件太不容易也太難得的事。

如他一般孑然一身的並不是少數。

所以說，能夠擁有牽絆是一件幸運的事情。

他也曾無比珍惜。

「走了啊，不耽誤你寶貴的時間，有空會再來找你。」

恩佐背對著希瑟曼朝外走去，隨意擺了擺手，看起來瀟灑至極，明明傷得不輕卻依然走得挺直，血性與堅韌到底才是組成他的真實基因。

然後他忽然回頭朝他一笑。

希瑟曼又一次推翻了自己原本的想法。他想，不是的。

他為什麼偏偏記住了恩佐呢？因為恩佐在某些方面像極了……他的兄長。

他死去已久的兄長。

IV

「希瑟曼，你留在家裡，好好讀書，等我回來。」

那雙寬厚的手覆在少年的頭上，連溫度都還沒來得及留下便很快地挪開了。

少年的身高只及自己兄長的胸口，他微微仰著頭，心裡哪怕再捨不得，也說不出任何挽留的話語。

是啊，能夠保家衛國是一件多麼光榮且幸運的事，和他們的父親一樣，一生都在奔赴戰場，獲得了不低的軍銜，最後再將生命奉獻。

他父親為了不辜負這個他愛的國家，於是辜負了他的妻兒，哪怕給了他們家族一生無憂的財富與聲譽。母親在鬱鬱寡歡和病痛的折磨下離世，與自己相差六歲的兄長文森特肩負起整個家族運作的重任。

文森特經商、希瑟曼學醫，歲月如流間看花開花落，千里之外的混亂和悲鳴似乎都與他們再無關係。

這般安穩的日子戛然而止於文森特某一天猛然興起的一個念頭。

也不是突發奇想，他只是想試一試。

試一試⋯⋯看看這亂世在他有生之年，究竟能不能太平。

於是，那穿著一身軍裝的青年揹著行囊和陽光，捨下一切，懷著滿腔熱血，頭也不回地踏上了征途——分明才說著「等我回來」，可那毅然決然的模樣像是再也不會回來似的。

然而直到希瑟曼學成，都沒有等到文森特回來。
他心裡早隱隱有了預感。

所以，戰爭到底持續了多久呢？
希瑟曼已經記不清了。

掌權者總有理由能夠挑起事端，他們只須一聲令下，所有的子民都要為他們的任性妄為付出一定的代價，提線木偶般為高位者們上演一幕幕他們所要求的悲劇，而自大的觀賞者只會適時表現一點悲憫，以表自己的偉大與寬容。他們只需要享受戰士們用生命為他們堆砌的紙醉金迷。

多麼諷刺又多麼滑稽。太噁心人了。
國家有因此強盛起來嗎？他並不覺得，可他為此失去了太多。
戰爭固然殘酷，但人性也不遑多讓。

「為什麼你要從軍呢？恩佐。」
後來的後來，希瑟曼向恩佐問出了這句他一直沒有問過自己兄長的話。

恩佐蹙著眉頭，似乎不能理解希瑟曼的意思，又或是不能理解他問這句話的意義為何。「為什麼要從軍？為了保護珍重之人與這片土地啊。還能有什麼其他的理由嗎？」

希瑟曼又問：「值得嗎？」值得你忍受長年的顛沛流離和不斷增添的新傷嗎？

「值得……不值得？」恩佐滿目迷茫，他從未問過自己這個問題，於是他反問道：「那希瑟曼你呢？又為什麼來到這裡？好好待在醫院裡工作不是更安穩嗎？」

是啊，為什麼呢？

希瑟曼抬頭望著無雲的天空，陽光刺眼難忍，無端讓他想起真切收到文森特死訊的那日。

「想救人……因為想救沒能救到的人。」

聽起來矛盾至極的話，但恩佐卻奇異地聽懂了。

V

「你真的要去嗎？」

「真的。」

「那我跟你一起去吧。」

光影模糊之間，恩佐驀然想起了當時的景象，正值新婚之時，他卻決定從軍，簡溫柔又堅定地說著這般無畏的話語。

後來細想，他怎麼能那麼自私地將簡拉進這危險的漩渦裡呢？她其實沒有必要如此。

可是她說，這個國家需要他們，多一份力總是好的。

——而他也需要她。

恩佐一邊乖巧地任由簡包紮傷口，一邊認分地被簡教訓，毫不猶豫地全盤接受並虛心認錯。

他看著簡稍顯疲憊的面容不掩憂色，他有些愧疚，接著抬起沒有受傷的手，輕輕碰了碰妻子的臉，小心翼翼地替她抹去不知何時沾上的一小點血跡。

「生日快樂，簡。」他說。

說話的思緒被陡然打斷的簡愣了愣，「你不說，我都差點忘記這回事了。」

「妳倒是一點也不在意。」恩佐失笑，對於妻子的忘性有了一層新的理解的同時，又覺得有些難過，「是不是最近太忙了？」

「也還好，希瑟曼他們幾個比較忙吧，似乎是被交代了額外的任務。」簡雲淡風輕地輕巧帶過，話鋒一轉，突然惡狠狠地捏住了恩佐的臉頰，「你給我少受點傷，我就不用那麼擔心了。聽懂了嗎？」

恩佐笑嘻嘻地點頭應和，趁著妻子鬆手之際，傾身在對方唇上輕啄一口，「那妳接著忙吧，我先回去了。」

簡被他的突襲弄得有些耳熱，把他推遠了些，催促道：「快走吧、快走吧。」

青年卻又再一次貼近，將額頭靠上她的，「很抱歉，又沒有辦法好好為妳慶生了。」

丈夫真誠的道歉著實體貼，簡卻是笑了。在這人人自危的艱難年代，哪裡還有什麼可以奢求的呢？於是她說：「有什麼關係呢？我們還陪伴著彼此，這就是最好的禮物了。」

是啊，哪裡有什麼關係呢。

恩佐記起與簡的初相識。那個明媚俏麗的少女在面對他一開始的拒絕時，也是笑嘻嘻地說了一句話，無賴極了。

「有什麼關係呢？我們有的是時間，你總會喜歡我的。」她這樣說。

所以，有什麼關係呢？恩佐知道，他們身邊總會有彼此。

VI

怎麼樣算是救人呢？至少絕對不是如此。

這陣子，希瑟曼都如同身處地獄。

彷彿回到了剛進軍營的時候，日日夜夜面對血腥與混亂的場景，哪怕好不容易克服了心理上的障礙，生理上的不適也依然難忍。

但這次不同，上級要他們參與那慘無人道的實驗計畫。

到底是誰瘋了呢？

是上位者、是這世界，還是他？

希瑟曼深吸了口氣，忍住顫抖，拿起針筒，往年紀尚小的戰俘身上注射藥物。藥物見效的速度極快，他眼睜睜看著面前的孩子原本緊繃的皮膚底下，在短時間內泛起不自然的青紫色，接著便是撕心裂肺的喊叫和哭鬧，幾乎要穿破他的耳膜。

青年慘白著面容，手腳僵硬無比。

「看來這藥物還需要改進。」

旁邊走過來的是他的長官，也是負責整個實驗計畫的主要成員之一。

男人冷漠地盯著已經趴在地上蠕動、四肢幾乎已經變形的孩子，好似看的並不是與自己同一個維度上的生物，高人一等的傲慢姿態一覽無遺，「你繼續看著，到時候把所有實驗體的全部反應過程寫成報告呈上來。」

「……是。」

男人轉過頭，這才注意到希瑟曼的失態。

「別這樣，要是實驗最後成功了，可以說是史上最偉大的一次進步呢。而我們的國家，也會因此更加強盛。」他的笑在希瑟曼眼裡只顯得詭異，笑聲裡甚至帶著某種扭曲的狂熱，「所以，能參與這項實驗計畫，是因為看好你們的能力，明白嗎？到時候，你們也能獲得無上的光榮。」

呵，無上的光榮……

希瑟曼想，到底是誰瘋了呢？

他看著可以說是整個軍營裡最為精密與嚴防的實驗室，非人的殘忍實驗一一在他面前輪番上演，有些人麻木、有些人興奮、有些人看不出情緒。對外宣揚平等與自由的他的國家，用著最下流的手段控制與利用他國的戰俘，輕賤其生命，並為此感到得意。

他以為充滿血與淚的戰爭已經足夠殘酷。

然而這超出他認知的一切事物顯然更令人作嘔。

青年遵照著長官的交代，一聲不吭地將「實驗體」對於藥物的反應過程清楚記錄下來，看著那原本稚嫩的孩子因為抗不住這般烈性的藥物而逐漸失去氣息。

他蹲下身，原本鎖在眼眶裡的淚水終於控制不住地往外流，然後顫顫巍巍地伸出手，想將已經連痛都喊不出聲的孩子移動到他該待的最終歸宿時，卻猛然被握住了一根手指。

希瑟曼低頭，對上那孩子充斥著紅血絲的眼，似乎想告訴自己些什麼。

青年在這一刻，恍惚想起了好友恩佐在陽光下，鏗鏘有力地表示自己對這個國家的愛重之情。誓言如此堅定，彷彿願意為之獻出一切，包括生命。

那他愛這個他努力守護的國家嗎？自然是愛的。

可是為什麼呢？為什麼要讓他對自己的信念與堅持產生動搖。

會不會有一個世界，所有人都和平友好地生活著，沒有戰爭，更沒有實驗計畫，他們可以有其他的選擇。他不只一次這樣想過。

能不能，真的有一個這樣的世界？

希瑟曼悲哀地想，瘋的大概是他自己。

VII

希瑟曼趁著休息時間，離開那令人壓抑的實驗室，獨自尋到一處靜謐且風景極佳的地方，毫不避諱地直接在草地上躺下，被和煦的日光曬得昏昏欲睡。

他感到難得的放鬆與愜意，許是因為暫時卸下了面具及責任。

曾有好多個燦爛的午後，他與文森特什麼也不做，就這樣一起浪費時光。

那已經是好多年前。

是還能拉著文森特，讓作為兄長的他為自己解釋書本上不明白的字句的年紀；是趁著月光尚未浸過湖水之前，堅信能在睡眠中捕捉到最美夢境的年紀；是他們的心裡還沒有所謂守護家國的概念的年紀。

「找到你了，希瑟曼。」

聞聲，青年卻沒有睜眼，只是暗自壓下眼裡騰起的熱意。來人的聲音太有辨識度，而且他在軍營裡交心的人也不多，絲毫不需要費心猜測對方是誰。

可能以為他真的睡著了，恩佐的動作放得極輕，幾個呼吸之間，希瑟曼就感覺到好友似乎學著自己躺了下來，以天為被。

原本只打算靜靜享受這片刻安寧，但希瑟曼卻敏銳地嗅到了一絲很淡的血腥味和熟悉的刺鼻味，很顯然地這出自恩佐身上。於是他睜開眼，小幅度地往好友的方向靠過去，「受傷了？」

他這陣子都迫令待在實驗室裡，根本沒有多餘的心力去關注近期的戰勢和接下來的發展。心下難免愧疚，畢竟恩佐是他珍惜的朋友，但他卻對其近況一無所知。

「沒事，就是一點小傷，已經包紮好了。」恩佐笑得沒心沒肺似的。可轉念一想，青年曾受過更多更重的傷，自然能明白他為什麼毫不在意這種程度的傷勢。

希瑟曼放下心來，他其實也無須過於擔心，畢竟恩佐身邊並不是只有他一個親近之人。他將目光移到那無際且無雲的蔚藍天空，這一日的天氣好得不可思議。

微風從兩人的髮絲中穿過，沒驚動到飄揚的塵土。

「希瑟曼，我有預感，我們就快要能回到自己的家鄉了。」

被提及名字的青年愣住，「什麼？」他竟一時沒能明白好友的意思。

「軍方已經在討論停戰的可能性。」恩佐說著的同時，語氣裡再也掩不住激動與欣喜，「你知道這代表什麼嗎？這場持續許久的戰爭很快就會結束了。」

希瑟曼看著恩佐滿是笑意與期待的面容，他的唇角輕輕揚起，不免跟著勾勒起那些曾經只出現在他的幻想裡的無憂往後。

回到自己的家鄉……回到只剩下他一個人的偌大而空曠的房。是了，哪怕戰爭停止，逝去的人終究已經逝去。

他究竟從這一場慘烈的悲劇裡，得到了什麼呢？

用失去了什麼或許相對容易計算。

於是他問道：「那麼到時候，你打算做些什麼？或者說，如果不從軍的話，你會做什麼呢？」

「回家後當然是要和家人團聚啊。」恩佐說得理所當然，好似滿腔的豪情皆願意悉數奉獻，「至於如果不從軍的話⋯⋯不對，根本不會有其他可能。無論如何，我都一定會從軍的。」

真好啊，一無所知地相信著。希瑟曼想。

那些他未曾知曉的暗面與骯髒，為了不讓他的信仰坍塌、為了繼續保持天真與無知，希瑟曼忽然有些慶幸與恩佐無話不談的、他的妻子簡，並沒有參與對於掌權者來說恍若兒戲一般的實驗計畫。

明明他的初心是救人啊，可他竟為此殺了許多人，哪怕並非他所願。

他早已從救世者成為劊子手，而他無從辯駁。

多希望真的能有一個世界，他們並不需要經歷一切的失去——無論是失去珍重之人，抑或是失去某一部分的自己。

VIII

還在暢想著恢復和平後應該做些什麼的時候，變故卻發生了。

在交涉之際，敵軍竟極其狡猾地在某一天夜裡猛地發起偷襲，這是所有人都沒有預料到的。

還有誰不明白呢？敵方明面上的求和只是為了掩蓋這一場堪稱天衣無縫的偷襲。哪怕是夜裡，也時刻保持警戒，所以為什麼敵軍那麼容易地就能闖進來呢？答案呼之欲出。

這下是不可能輕易停戰了。

因為這場意外受傷甚至死亡的人數幾乎無法計量——希瑟曼與恩佐就在其中。

希瑟曼已經記不太清事情是如何發生的。

作為軍隊裡「重要資源」的醫護人員來說，上層一定是全力保護的，但不知道出了什麼意外，救援的人遲遲沒有來。外頭一片嘈雜，可希瑟曼等人已經無暇去猜測那該是怎樣的刀光劍影、血流成河。

儘管沒有槍支彈藥，但他有刀。

縱使他回的只會是一個沒有人等待自己的家，可他還是想回去。

所以……救人的刀用作殺人，也會被寬恕的吧。

所有人齊力拚搏，終於等來了耽擱許久的戰士們，恩佐也在其中。青年迅速朝著自己的妻子靠近，焦心之餘，依然保持著冷靜去確認她的無恙。

可敵人哪裡會放過這千載難逢的好機會，他們要的就是這分心的瞬間。就這短短兩三秒，已經足夠他們瞄準目標人物的頭顱、脖頸，又或是心臟，並且扣下扳機。

希瑟曼注意到了，尚未思索之際，他已經擋在了恩佐面前。

其實他不需要捨身站出來，對方的目標也不是他。

其實他還有機會躲開——只要他挪動身子，倒下的就會是恩佐。

他似乎聽見了恩佐的喊聲。

後來，他有躲開嗎？戰爭結束了嗎？他回家了嗎？

可是之後發生了什麼，他已經記不得了。

IX

人的一生有許多選擇，終其一生都走在選擇的路上。

每一個不同的選擇，都會帶自己去往意想不到的地方。

希瑟曼想，這一切的混亂究竟是誰開始的呢？似乎追溯不到一切不幸的源頭了。

如果沒有戰爭、沒有失去家人、沒有成為醫者，他現在又會在哪裡？

在一片白霧之中，青年看見當時的自己沒有躲開，倒下的瞬間和恩佐對上了眼。他朝好友笑了笑，那短暫如煙花般的生命，最後以這種方式消逝，他竟未曾感覺可惜。

而在另一片黑霧之中，希瑟曼看見的卻是自己躲開了。子彈穿透恩佐，被他護在身後的簡驚恐地瞪大了眼，恍如失語一般無聲流淚。

希瑟曼一直走。

他分辨不出什麼才是真實。兩者都沒有善終。

真實重要嗎？哪一個走向之於他們才是真實呢？

他更願意相信哪個是真實呢？

希瑟曼不遠不近地看著那場簡陋無比的葬禮。

他看見穿著一身黑的簡將懷裡抱著的那束花放下，接著又走來一個青年，沉默地將簡輕輕攬住。陰雨綿綿，打濕了恩佐與簡的頭髮，以及那為他準備的、漂亮的花束。

真好啊，他們沒有失去彼此。希瑟曼笑。

而他……也算回家了。

揭秘

致真相

在愛的所有樣態面前
你是我
可以看見的
全部真相

易碎品 請小心輕放

致不疑

那些對我說著「很高興有你出現在我的生命中」的人們都一個一個離開我了。
但下一次又有人對我說出類似含義的話的時候，我還是會相信。

相信是沒有錯的。
錯在他們以為我無堅不摧。

酒窩

致漩渦

有一種缺陷生長在頰上圈入花鑲嵌快樂於是從此深刻

偽童話之三：愛與偏見

致偏見

狼愛上了羊，卻沒有人相信——羊也不信。
羊覺得又可笑又荒唐，怎麼會有獵人愛上獵物呢？狼只可能傷害自己。

這天，狼又一次帶著一束花來到羊的家門前。
可是無論他如何呼喚，羊始終不開門，對他避而不見。
羊感到厭煩極了，隔著門窗向外頭的狼下最後通牒，「不要再來找我了，你這樣只會造成我的困擾。而且你沒有發現嗎？你還會對我的族人們造成恐慌。」
「可是我並沒有傷害他們。」狼很委屈。

羊緩了緩氣息，反問道：「可是，要怎麼讓我們相信你不會呢？」
「我、我可以改吃素！我真的很喜歡你，能不能試著相信我？」
聽見狼說得這般情深意切，羊忽然想起來這些日子以來，狼對自己的用心追求。

那時候，羊其實都差一點相信狼對自己是絕對絕對真心的。
狼是那麼強壯，曾經為了保護他而受了嚴重的傷，可是隔一天，纏著滿身繃帶的狼又憨笑著抱著一束花來找自己了。
難道，他真的沒有一點心動嗎？

「沒有用的，獵捕比你們弱小的動物作為飽腹的食物，這就是你們的天性。」羊想起了過往為了生存而不斷逃亡與遷移的悲慘記憶，晃了晃腦袋，試圖使自己清醒一些，不要被狼一時的甜言蜜語所欺騙。
「你會傷害我們的。總有一天。」羊說得篤定，不知道是真的說給狼聽，又或是在暗自說服自己。

這次，狼或許是徹底心灰意冷了，一連好幾日都沒有再來打擾羊。

羊其實有些後悔，哪怕不接受狼的心意，但他也幫助過自己好幾次，不應該用那麼重的語氣和他說話的，或許他該向狼道歉。
可是他再也沒有等到狼來。

多年以後，羊成了家，另一半是同族，他們還有了可愛的孩子，擁有幸福美滿的生活。儘管在夜深人靜的時候，羊偶爾會想起狼，然後想，如果他當初相信了狼並接受了他的愛意，現在又會是怎樣的光景？
可是羊發現自己還是做不到，他沒有辦法全然地相信狼，沒有辦法相信狼真的不會傷害他和他的族人。

為什麼呢？如果知道原因就好了。
他對狼總是有著解不開的偏見。
哪怕他承認自己也曾心動過。

這天，羊給孩子們念故事，漂亮的乾花書籤夾在書頁裡，那是用當時狼送給他的花做成的。
搖椅吱吱作響，燭火溫馨。
羊好似透過窗戶，看見了那年冬天，雪地裡抱著一束花朝他走近的狼。

比安眠藥更健康的

致失眠

睡不著的時候
突然開始細數那些
值得記憶的片刻
發現比自己認為的
多很多

好像終於能夠
安心睡去

百日註

致獨活

001

整個世界都是血紅色的。

煙硝瀰漫，巨大的轟鳴伴隨著慘烈的尖叫與哭喊聲，少年面露惶恐，已經來不及折返去尋找在慌亂中與自己走散的妹妹。一身華服早已不復原貌，腳上甚至只剩下一隻鞋子，被迫跟著驚慌逃跑的人群一起往未知的方向移動，最後仍不死心地回頭看了一眼。

家園毀於一旦，入目滿是瘡痍。

在愣怔之間，他不知道被什麼絆倒在地。

只是所有人都忙著逃命，在生死面前，哪裡還有心神去注意和關心他人。於是無數的疼痛落在少年身上，他蜷起身子，彷彿在盡力縮小自己的存在感一樣。

若放在平時，他應該為此感到屈辱或憤怒，但他實在太累了，努力撐著不徹底失去意識，是因為想到了母親送走他與妹妹時，流著淚對他們說的那三個字：活下去。

……是了，他只想活下去。

可是少年站不起身，也不敢出聲求救，只敢在心裡一遍遍地祈禱，從未如此虔誠。

他想活下去，從未如此堅定。然而不知道時間究竟流逝了多少，他從滿懷希望到萬念俱灰。

直到一雙精緻且乾淨無塵、與整個環境格格不入的鞋，驀然闖進少年被鮮血模糊的視線裡。

0 9 9

「你的仁慈真的……好虛偽啊，弗蘭。」

在著一身黑色聖袍的青年輕輕闔上手中經典的同時，一道聲音突兀地響起，破壞了整座教堂此時的肅靜莊嚴，接著是一道身影驀地從空氣中顯現。

「伊萊哲，你來了。」青年似乎沒有聽見那句話，他的聲音溫和無比，恍如清風拂過，輕易地壓下了對方無端的戾氣與躁意。

少年悶悶地嗯了一聲，一時竟無話可說。

弗蘭碧綠色的眼珠子在少年衣領的血漬上停頓了一會兒，心裡對對方接下來要說的話已經有了底，於是他也不著急。

「我今天……」

「你今天遇見誰了？」

在沉默過後，兩人同時出聲。

伊萊哲頓了下，把尚未說完的話接了下去，聲音隨著吐出的內容染上克制的怒意，「就是霍華德那個糟老頭子，意圖對不知道又從哪裡抓來的無知少女做骯髒齷齪的事……所以我沒忍住。」

沒忍住什麼呢？沒忍住把他殺了。

伊萊哲不得不承認，看到道貌岸然的偽君子在自己面前顫抖和恐懼，心裡不免感到快意，卻也有一絲道不明的悲哀。

這種一生仗著滔天的權勢與富貴而作惡多端的俗人，就連血的味道都惡臭至極。他的欲望也不例外，黏稠且扭曲，在以為自己還有機會從少年手裡逃脫時，仍有餘力想著之後要怎麼處理這般對待自己的狂徒，低聲下氣的求饒全是裝腔作勢。

想得倒挺好。伊萊哲不屑收下他臨死前為數不多的悔意。

青年始終微笑聽著，眼神裡還帶著鼓勵的意味，示意他繼續說下去。

伊萊哲想，沒有人比弗蘭還要適合做一名傾聽者。

他好像永遠充滿耐心與寬容，比那個噁心的霍華德子爵還廣受人民愛戴。絡繹不絕的信徒使得這座原本冷清的教堂熱鬧了許多，有多少少男少女們飽含傾慕的眼神已經不是看向自己的信仰，而是那個佇立在一旁的黑衣青年。

弗蘭的欲望是一團接近透明的白色，沒有任何氣味。

從伊萊哲認識他到現在都沒有改變過。

這一點也不合理，萬物皆有欲望，且無以計數——許多行為都是由欲望去驅使的，因此有了思想、有了夢境、有了困擾、有了怨恨、有了愛意洶湧、有了求而不得，也有了至死不渝。

為了感到滿足所以有欲望，為了脫離空虛所以有欲望。

但或許正是因為如此，弗蘭才適合待在這裡，日日夜夜聽著眾生的禱告與毫不掩飾的赤裸欲望。至於虔誠與否並不是能被誰決斷的，伊萊哲看不穿青年的欲望，同樣也不會有人看穿弗蘭悲憫的真假。

儘管伊萊哲仍然不相信，弗蘭當真無所欲求。

「在想什麼？」青年的聲音在某一瞬間像是穿透了他的耳膜，倒使他清醒了不少。

伊萊哲盯著弗蘭隱在衣領下的那片肌膚，舔了舔唇，「在想⋯⋯死之前還有挺多事情想做的。」

青年似乎信了，於是笑，「那你可要抓緊時間了。」

這話卻讓伊萊哲徹底清醒了。

是了，距離他自己決定好的自殺的那天已經不遠了。

「你後悔嗎？」弗蘭突然問道。

一時之間，伊萊哲竟沒有分清對方問的是哪一件事。

是三百年前，於炮火之下，屍橫遍野的人間煉獄裡，選擇了握住那隻手；是剛被迫捨棄光明，只能成為面向黑暗且幾近永生的怪物時，心裡的迷茫、掙扎與矛盾；是在戰爭的第四年，找到了淪為戰俘的妹妹，明知她被折磨得瀕臨死亡，早已失卻了生的欲望，卻依舊固執地讓她成為自己的初擁對象；是在漫天赤色下，親手殺了曾與自己相偎的戀人；是每日觀察人類形色不一的欲望，從最初的新奇及有趣到如今的麻木和厭倦，甚至產生了想摧毀他們臉上的天真與無知的惡劣想法。

——抑或是百年過後的某一天，他忽然有了想死的念頭。

這時，聖嚴華美的空間裡迴盪起渾厚悠長的鐘聲。

青年垂首在隨身攜帶的書本上寫寫畫畫。

而少年尚未搞清楚生與死的矛盾點。

無人言語，一切表象是如此平和甚至溫馨，可細想來，竟有種荒誕且詭異的和諧感。

0 7 6

當年，伊萊哲找了耶琳娜許久，幾乎要認定她已經死去。

在找到少女的時候，她的情況著實與真正的死去沒有多大區別了。

作為兄長，伊萊哲對於親生妹妹以往的本性還是有所瞭解的，若真的說起來，其實和霍華德是同一類型的人。因為擁有奢靡而無憂的生活，享受著身為高位者所帶來的便利及偏見，鈍化了她應該具備的謙卑和溫良。

挺可悲的，過去那個不可一世的刁蠻少女，竟是在這般殘忍的現實裡被迫磨去了稜角與脾氣。

難道耶琳娜沒有想過嗎？如果死亡能成為她的解脫。

自尊心比天高的少女自然曾倔強地不肯低頭，可是她實在怕了，她想過要報復、想過要逃跑，到想過要活著離開，最後想著要是直接死去或許更好，她已經別無他法。

無數次想要赴死，但淪為戰俘，意味著失去了所有的自由之外，生死也握在他人手裡。她從來不知道，怎麼死去竟比祈禱故事裡的王子突然出現來拯救落入惡龍手中的自己還要難以實現。

伊萊哲想，在重逢後見到耶琳娜的第一面，或許她會怪罪他當時沒有拉好她的手。

然而——

「殺了我好嗎？」猶如看見最後的浮木，少女終於微笑著說出了她的願望。

耶琳娜肯定會怪罪他的。

作為她剩下且唯一的親人的他，連她的願望都不願意幫忙實現。

伊萊哲在後來回想，他和那些欺辱耶琳娜的士兵們或許沒有什麼兩樣。

可是他該如何坦白，他的不忍心與不捨得。

†

伊萊哲盯著面前緊閉的房門，他上次見到耶琳娜已經是五十九年前，少女丟下一句要去睡覺便躺進了棺材，如同這些年闔上心扉後對他的疏離與有禮那樣，決定對世事置若罔聞。

耶琳娜又恢復了原來的嬌俏模樣，彷彿那對她來說噩夢般的四年痕跡未曾在她身上存在過。

——但不是的。

伊萊哲記得少女在最初也曾嘗試過自殺，然而她從未成功過。

失去人類自然老死的特性並且擁有近乎永生的壽命後，並不就代表沒有任何消亡的方法，甚至可以說依然有數千萬種，哪怕是最簡單的火燒也行——所以為什麼，耶琳娜從未成功過呢？只不過是她對自己狠不下心。在獲得新生之後，哪怕內心煎熬卻也不願輕易捨棄這難得的機會。

物是人非，竟不忍細想。

他當時拚命想活下來，而她當時拚命想赴死。

如今兩人的心境似乎都與三百年前的自己產生了巨大的分歧。唯一的共通點是，至此已無人能回頭了。

伊萊哲想，不知道在赴死之前，耶琳娜願不願意再看自己一眼。

053

今年冬天的雪下得比往年要早。

伊萊哲向來極少注意到這種季節更迭的微妙誤差，或者說他並不在意，時間的概念在這三百年之間彷彿已經成為一種平面符號而毫無意義。如今將死未死之際，他才終於開始計較起每分每秒的流逝。

伊萊哲幾乎回憶不起當初想要活下來的欲望是如何強烈。

他只是有些疲乏了，覺得這世間百態已經看遍，而唯一的親生妹妹同自己離心。融入人類之於他並非難事，也曾嘗試與誰交心，不過使得他更加透徹人性的醜陋與貪婪罷了，於是他失望透頂。

哪怕他尚無法草率地將死亡與自由劃上等號。

他依然很孤獨，永生沒有讓他感到更加幸福。

確實，生機重回身體裡的感覺暢快無比，但隨之而來的是凝滯與乾枯，他的時間徹底停在了他最想逃離的時刻。然而他並不後悔，活下來畢竟是他當下最渴望的念想。

當初那麼想要活下來，現在更多的卻是想死的衝動。

不同時候有不同的選擇，這並不矛盾——對吧？

「遵從自己內心真正的想法就好了哦，伊萊哲。」

少年沒有動作，任由一片滑膩的布料擦過自己的肩頸。許是因為察覺到熟悉的氣息靠近，他的身體也不自覺地稍稍放鬆了下來。

橘金色的陽光徹底隱入雲幕後，潑墨般的夜色完全地占領了天空這一大塊畫布。雙方秩序且公平地交換了些什麼，再留下些什麼。

伊萊哲竟難得恍了神，忽然有了想傾訴的欲望。他早知道來者是弗蘭，所以輕易地卸下了防備。他仰頭，看見了捧著一本經典的青年。

少年終於藉著月色看清了那片布料是什麼顏色——總歸都比黑色更加適合對方。

「弗蘭，你……真的越來越像人類了。」

「嗯？這不是一件好事嗎？」弗蘭依舊笑得溫和。

這話在旁人耳裡聽起來恐怕會顯得怪異，可是伊萊哲比誰都要清楚，當初朝自己伸出手的，便是這個似乎比正常人類擁有的憐憫與慈悲都要來得多，彷彿不具任何殺傷力的青年。

他不知道弗蘭究竟活了多久，只知道他向來孑然一身，沒有任何知心之人陪伴左右。

或者可以這麼說，這三百年來，在某種程度上，他們只有彼此陪伴。

弗蘭從來沒有試圖改變過他決定赴死的念頭，甚至比他作為人類時候的親生父母要來得開明許多，全然的尊重與不干涉。

伊萊哲想，青年或許並不在意身邊的人是誰，也或許他從未覺得孤獨。那天就算倒在血泊中的並不是自己，想來青年也不會吝於賜予對方新生。

然而命運注定了是他，弗蘭遇見的就是他。

伊萊哲突然有些好奇，在這般漫長的歲月裡，弗蘭當真沒有任何牽掛嗎？可若是有什麼牽掛，又怎麼會毫無欲求。

三百年的時間仍不及將弗蘭了解透徹，少年竟覺有些惋惜。

這世間，真的有有趣到能讓誰流連忘返嗎？

048

人類真是個有趣的存在。弗蘭想。

從降生的那一刻就以永生之姿活著的他，從未理解過因為生命過於短暫和脆弱，所以備加珍惜的那些執念與情感。

人們用短暫的一生來見證對永恆的嚮往。

與誰擁有深刻的羈絆究竟是一件好事還是壞事呢？

弗蘭看著人類為此產生了不一的情緒波動，包括憐憫、不捨、溫柔、焦慮、困惑、迷茫……接著有了信仰與忠誠，也有了儀式和象徵。

這種感覺，就像同這個世界有了連結，以此證明自己的存在意義。

可一輩子又如何滿足？滿懷的情意未及悉數獻出。

並不是所有人類都願意妥協於生命的短促，更多人開始相信永生的傳說或偏方，自詡為萬物的主宰，渴望無窮無盡的壽命和權力。

弗蘭在自己的身上，從來都感受不到時間的遷流，因此他無法對人類這般堪稱貪婪的欲望產生任何共鳴。

永生有什麼好的呢？他歷經過許多家國城池與時代的興衰，也親眼見證過一切的消亡，而這盡頭或許便是自己，並且無法輪迴——世界的規則是公平的。

永生更像是種詛咒。

世間殘酷，有趣的是人類。

那已經是千年前的記憶了，在撿到伊萊哲之前，他也曾遇見過其他有趣的人類。唯一不同的是，對方並未捨棄人類的身分，而他陪著她走完了對他來說極其短暫的，她的一生。

那短暫得或許只是他一次沉睡的時間裡，他看著莉絲柏從風華正茂至風燭殘年，一路走向他未能踏足的灰色領域。

莉絲柏。莉絲柏啊。

弗蘭念著這個名字，至今依然未能明白，她究竟為了什麼，不願意陪伴他更久。

想來也是如伊萊哲一般，覺得這個世界不值得她留下，或者說，不值得為他留下。

真狡猾，莉絲柏彷彿知道就算她成了佝僂老嫗，他依然熱愛她。

可是……他也會覺得孤獨啊。

當初選擇向伊萊哲伸出手時，弗蘭突然感到可惜。

可惜沒能看見莉絲柏如伊萊哲那般堅定地選擇自己。

只是可惜，往後這綿長道路，當真再無人與他同行了。

弗蘭忽然想起那個陰雨陣陣的午後，他躺在莉絲柏的腿上，一頭長髮披散，凌亂的黑與少女鵝黃色的裙曖昧交織，親暱得宛如情人交頸相擁。

伊萊哲肯定不會相信吧，和莉絲柏在一起的時候，他說的話甚至比一天之中，來教堂禱告的全部人們加起來所說的話要來得多。

當傾訴者失去了傾聽者——

「活著本來就是一件孤獨的事情啊，再多人陪著都沒有用。弗蘭，不要可憐自己。」

莉絲柏聲音溫柔，溫柔地說出那般殘忍的話語。

「活著是為了什麼呢？」

「為了在奔赴死亡之前找到活著的意義。」

「所以要努力活著，弗蘭，也為我活下去。」

所以他活著，無聊地活著，毫無意義地活著，遵守諾言地活著，為了活下去而活著。

弗蘭想，莉絲柏或許理解錯了一點，若沒有永恆的生命……若是能夠與誰一同孤獨地走向生命盡頭，之於他才算得一件美事。

——便是不再言語之時。

035

「……你真可憐，沒有人愛你，所有人都害怕你。」

伊萊哲頭痛欲裂，不明白事情怎麼會發展成這樣，完完全全脫離了自己的掌控。

少年一抬手，便是一條鮮活生命的殞落。他極力壓抑著心底那股想不管不顧的破壞欲，屍體與血液在他的腳下鋪開，宛如一場盛大的邀請。

他徑直走向那蜷縮在角落裡瑟瑟發抖的少女，少女面目驚懼卻不敢看他，一頭被絲帶束縛住的燦爛金髮只是微微散開，但她身上竟無沾染上任何汙穢之物，在一片混亂之中顯得突兀至極。

為什麼會變成這樣呢？

伊萊哲沉默，想將少女扶起的手在猶豫之間緩慢收了回去。

「葛莎，我說過我永遠都不會傷害妳，為什麼妳不相信呢？」就連這場殺戮發生時，他都保護著她，哪怕一切的開端皆是她存心的謀劃。

葛莎害怕他。

曾經滿眼傾慕地看著自己的少女，如今害怕著他，還想殺了他。

「你、你就是個怪物……神都不會允許的存在。」顫抖著的少女終於鼓起勇氣對上他的眼，接著忿恨地吐出這句話，好似面前之人是自己的殺父仇人，而不是同自己兩情相悅的情人。

是了，就連異端都亟欲剷除的這個時代，又怎能容得下他這樣的異類。

神不會不允許，神根本不在意。在意的是這些人類。

他也曾是人類。

這並不是伊萊哲第一次殺人，而他早已學會如何控制自己的力量與欲望。可當他看進葛莎的眼底，陌生得毫無一絲昔日的情意，恍惚間明白了當初弗蘭朝他伸手時，不知道是對自己還是對他說的那句話——

「從此以後，有些事情，不要過於執著才好。」

然後少年的手放上了少女纖細的脖頸。

少女不可置信地瞪大了雙眼，卻再也發不出聲。

窗外的風聲徹底安靜了下來。

伊萊哲想像過戀人的血會是什麼味道，應該是甜美的……每次葛莎向他靠近，他都能聞到他想像中的味道，可是真的嚐起來，竟有些鹹澀。

伊萊哲輕輕地替少女拂去其裙上根本不存在的灰塵，再重新為她束好頭髮，最後轉身走入風雪之中。

不相信便罷了。

†

「伊萊哲？怎麼哭了呢？把自己搞得這麼狼狽。」

少年愣愣地抬頭，對上弗蘭關切的眼，卻在這一刻突然失去了組織語言的能力。

青年沒等他回答，嘆了口氣，說道：「很抱歉這麼臨時地通知你，不過我們得趕緊離開這座城鎮了，不知道從哪裡傳出了關於我們身分的猜測和謠言，事態變得有些不受控制。」

對不起。伊萊哲想這麼說。

一切的起因皆源於他那愚蠢的天真。他以為和戀人坦誠相對是一種該受讚賞的美德，但其他人不應受其牽連與傷害。尤其是弗蘭。

暴露身分終歸不是一件明智的事情。

或者說，有時候信任人類不是一個明智的決定。

他已經不是人類了。

伊萊哲花了百來年謹記這一事實。

0 2 0

伊萊哲發現弗蘭那團近乎透明的欲望染上了一點黑色。

他興奮極了，像是突然找到了什麼有趣的事情，比聽聞城鎮裡哪位權貴的花邊新聞要值得讓他一探究竟。可他竟無法像分辨他人的欲望那樣輕易分辨那黯色代表的意義，又是因為什麼而產生的。因此他感到無比好奇。

或許有些事情毫無因果可言，但絕不可能發生在弗蘭身上。

少年穿著黑色斗篷，幾乎拖地的衣襬有著更深的痕跡，是雪融化後留下的溼意。推開教堂厚重的大門後他頓了頓，意識到自己來早了，前來告解的人們尚未散去。

黑衣青年正與他人說著話，彷彿絲毫沒有注意到這裡的動靜，但伊萊哲肯定，弗蘭知道自己來了。於是他隨意找了個位置坐下等待。

人多的時候他總會感到煩躁。

因為感知到的欲望太多了，形形色色又過於嘈雜，且無法被輕易消化。而此刻為了消遣，伊萊哲忍住不適，在等待的過程中一一辨別那些欲望的指向。

然後他注意到了一個垂著首的栗髮少女。

他歪頭思索了一陣，他早認全了城鎮裡所有的人，卻沒能從記憶裡翻出任何有關對方的資訊，只能猜測對方大抵是剛搬來的新居民。

少女的欲望整體是溫暖的鵝黃色，而那最強烈的，是在這個有限的空間裡，唯一與自身無關的欲望——希望父母平安。

伊萊哲從其零碎的所有欲望裡，逐漸拼湊出真相的全貌。

政權更替所造成的血流成河，絕對專制的上位者，代罪羔羊無數，而少女的父母親成了眾多犧牲者的其二。原本她也不能倖免，但被其父母親用盡一切送到了這座至少在表面上看來和平的城鎮，投靠她從小訂下婚約卻未曾謀面的未婚夫。

伊萊哲看見弗蘭與他人周旋結束，最後終於在栗髮少女的跟前蹲下。

青年面帶微笑地溫聲詢問：「看著有些面生，是新來的居民嗎？妳叫什麼名字？」

「莉絲柏，我叫做莉絲柏。」

弗蘭眨了眨眼，「……啊，和故人的名字，一模一樣呢。」

不是錯覺。

伊萊哲在那一刻，清楚感知到了黑衣青年欲望上的那抹黯色，淡了一些。

006

在伊萊哲剛捨棄人類身分，且尚未學會克制自己的衝動與力量的那一陣子，他幾乎毀滅了一整個無辜的村莊。

清白的少年失去最引以為豪的高尚品格，成為自己最無法想像和寬恕的怪物。從未想過有一天，當血腥沾滿雙手之時，竟是感到快意而非顫慄。

那溫柔優雅的黑衣青年教他以怎樣的動作輕易了結他人性命。在腥熱的血濺上他蒼白的臉時，再為他輕輕拭去。

弗蘭教少年更好地以非人類的身分生活下去。

他痛苦、他糾結，但他從未失去良知，而這正是最令他難過的。

伊萊哲想，他應該感到知足，明明擁有了他人羨慕不已的無盡生命啊。只是當他察覺到自己原本透徹的欲望染上了大片不祥的黑，他知道再也無法欺騙自己——

他有了死亡的念頭，無法遏制地蔓延著，和當初想活下來的欲望一樣強烈。

因為想活下去而活著，卻不是因為活不下去才想死。

燭火燃燒著。

青年褪去一身黑袍，深秋的涼附著在他露出的肌膚上，他看向幾乎埋沒在柔軟舒適的沙發裡的頹喪少年，腳步一頓，旋身往廚房走去，慢悠悠地為兩人加熱起牛奶。

伊萊哲半天沒等到弗蘭的關心，投降似地主動開口：「我有話要說。」

「嗯？」青年似乎一點也不稀奇，就像只是每日彼此交換一些趣事那樣平常。

鍋裡的牛奶冒了泡，被小心翼翼地倒入杯中，再被安全送至正醞釀著要如何表達的少年手中。

伊萊哲的手指順著杯緣滑過，「也沒什麼，就是突然想死了。」

不是突然。但他覺得應該這樣說。

「……啊。」弗蘭送到唇邊的杯陡然停住，「這樣啊。」

火光明滅，映射在兩人的面容上，竟有種朦朧溫馨之感。

「不是玩笑？」

「不是玩笑。」

「看來你已經有計畫了。」

「……嗯。」

「伊萊哲，你知道的，我不會阻止你。」青年在啜飲一口還冒著熱氣的牛奶後如此說道。

畢竟相處了那麼久，少年哪裡會不明白對方隱藏在平靜底下的湧動。他一瞬不瞬地盯著弗蘭，莫名不喜歡這種壓抑的氛圍。

伊萊哲是感激弗蘭的，他給了他自由，儘管這樣的自由伴隨著某種程度上的不自由。

但他更相信宿命，並且他知道弗蘭同樣相信。

沒有再更簡單的理由了——因為活著需要信仰和救贖。

作為象徵某種信念的東西一樣存在著，要比生命更加恆遠堅韌。

0 0 1

如果重來一次，會後悔嗎？

還是會的吧，沒有一刻不在後悔。

可是當他在滿天繁星下，明目張膽地利用廢棄的木屋燃起大火，弗蘭又一次問他這個問題時，他似乎終於能夠問心無愧地回答「不會」這兩個字。

伊萊哲遙望家的方向，耶琳娜還沒有醒來，只有黑衣青年陪著，像最初那般。

三百年後的這天，他又回到了這塊當時遇見弗蘭的土地。

「三百年……真快啊。」弗蘭不知道是在喃喃自語，還是說給少年聽的。

「謝謝你，弗蘭。」這是第一次，伊萊哲如此鄭重。「最不後悔的就是遇見你。」

給他生的自由，也給他死的自由。

青年竟罕見地愣住了。

在伊萊哲轉身的那一瞬，他似乎看見了對方欲望上的那點黑色正迅速擴散。於是他停下腳步，卻沒有回頭，似乎怕自己生出不該有的情緒，「好好活著，弗蘭。」

少年沒有聽見青年的回答，火勢蔓延的速度太快了，熱氣直面襲來，他卻沒有一絲猶豫地走進炙熱之中，任由其吞噬所有的意識與行動。

這是再平常不過的一天。
濃煙遮蔽了原本清晰可見的星空。

良久以後，弗蘭像是才終於回過神，卻是笑了。
「……真狡猾啊，每次都說一樣的話。」

0 0 0

原來如此
沒目的性的相遇
全憑運氣

哪怕我們在街上無數次
路過彼此
只要我們沉默到底
就注定結局

早已知道
從一開始
就沒有任何意義

千萬種錯過

致無意

All About You

潛臺詞

致未滿

「其實我有想過要對妳說出那四個字，但我想我們還可以再花更多時間來瞭解彼此，妳太好了，完美得像沒有任何破綻一樣，所以……我很期待看見妳不為人知的一面。」
你說得篤定，並表明自己有足夠的耐心與時間。

可是我聽出來了。
你的意思是，喜歡我但沒那麼喜歡我。

優先權

致未然

你想太多了
總是這樣
明明還有很多
更重要的其他
不要為仍有變數的那些
浪費掉一整片海的眼淚

偽童話之四：馬戲團裡也有愛情故事

致目光

小丑最近戀愛了。
他的好夥伴大象心細地分辨出小丑的笑容裡多了幾分真實。
這是一件極難得的事情，大象在小丑的默許下呼朋引伴，舉辦派對讓馬戲團的所有成員為其慶祝。

派對當天，小丑說自己的戀人也來了，但沒有誰看見。
於是大象問道：「小丑，你的愛人在哪裡呢？」
「你們看不見她，也感知不到她的存在，可是她一直在我身邊。」小丑向著身側的空氣伸出手，分毫不差地牽住了愛人的手。
大家仍一頭霧水。

小丑想，不知道也沒有關係。
就像極少人才知道他表現出來的嘻笑歡樂全是假象。

他是怎麼認識幽靈小姐的呢？
不知道是從哪一天開始，他在馬戲團表演的時候，總會看見那個穿著白色裙子的女孩坐在臺下。但詭異的是，在散場時所有人都經過她、無視她，甚至就如此堂而皇之地穿過她半透明的身體。

小丑這才反應過來，那女孩並不是個活人。
所以，為什麼他能看見她呢？

幽靈小姐似乎發現了他能看見自己，於是大膽地試圖與他對話。
「咦？你看得見我呀？」
「好奇怪，為什麼只有你能看見我？」
「你為什麼總是躲起來偷偷地哭？我很喜歡你在臺上的表演呢。」
「哎，我好想爸爸媽媽啊，不知道他們現在怎麼樣了？」

「如果你能聽到我說話，能不能和我聊聊天？我好無聊啊。」

在幽靈小姐鍥而不捨的精神之下，小丑終於無法再裝作不知道了。
小丑只要一想到她曾看見過自己面具底下的哭容，就感到無比尷尬與羞恥，但同時他也記得，在那些不為人知的時候，也是她試圖安慰自己。

小丑已經忘了，當初是為什麼會決定要進入馬戲團的——啊，是為了讓人們快樂，可是沒有人發現他卻變得越來越不快樂。
他快不快樂重要嗎？不重要。只要他能夠一直帶給觀眾快樂。

直到某一天，小丑聽見幽靈小姐說：「既然你不快樂，為什麼還要在大家面前裝作快樂呢？」
「因為這是我的工作。」這是小丑第一次回答她。

「啊，你終於肯理會我了呀？」幽靈小姐驚喜地瞪大了眼，她早知道小丑聽得見、也看得見自己，只是不知道出於什麼理由而一直不理會她。

小丑沒有回答，反問道：「妳怎麼會來到馬戲團？」
「我也不知道。」
「沒關係，原由有時候根本不重要，就像我也不知道為什麼能看見妳。」
幽靈小姐笑咪咪地說：「是啊，只有你能感知到我，就像只有我看見你哭。」
「……真的好丟臉啊。」

有什麼關係呢？
反正這是故事的開始 ── 是一場只有小丑看得見的幽靈小姐，與只有幽靈小姐看得見的小丑，共同演出的愛情故事。

也有面　目　全　非　的時候

是當有人試圖
翻找出其中的遺物
好像在問你
還要嗎，當初的小熊餅乾

他們不知道
給出的分明是毒藥

蜜糖與砒霜

致矛盾

能被稱之為美好的記憶
大多短暫
僅適合封存

你融化的速度比冰淇淋要快

致夢醒

昨天晚上我又做夢了。

我夢到我們又在那條街上碰見了，你還對我笑了。

我當時手上拿著剛買來的冰淇淋，我問你什麼時候要回來，你說只要等到冰淇淋融化了北半球的夏天，你就會回來。我說好，然後我們就分道揚鑣。

今天早上醒來後才想起，好多年前的這個時候，你已經離開我了。

誰看似大方說出的那句
其實沒有關係

真的嗎
在眾人面前交換誓詞以後
是否仍願意

不要告訴別人
你每天
都在後悔

致背離

為了彌補遺憾
人們創造出一個又一個
還來得及
反悔的機會

在感到不快樂的時候
要懂得適可而止

手機上的最近刪除
存檔或隱藏的故作視而不見
免費取消訂位的機制

如果能是莫比烏斯環

致迴圈

接受結束之後的空虛
和決定開始的勇氣
哪一種更容易

把自己打碎，再拼起
這比翻到故事的最後一頁
配樂響起卻發現
沒有我們
還讓人沮喪

我死去的十個十年

致同眠

✽

這是我死去的第一個十年。

我沒有墓碑，我死得太突然，但也無所謂。我曾經和蘇木說過，如果可以選擇，我要死在漫天春光下，披紅塵十丈，用眼淚修補破碎的月亮以後，再把千年後的祝福留給十年前蘇木所經受的苦難，希望他餘生順遂平安。

我曾經問過蘇木，死亡該是什麼感覺？

蘇荷，我不會死。他說。

我明白蘇木的意思。他是神靈，他永遠不會死，可是我會啊。

他見我不語，好像理解了我為什麼這麼問，他的眼神無聲落在我的臉上，安撫似地留下一句，不必擔心。

確實不必擔心，原來死亡是平靜的。

所以，蘇木會因為我，感到傷心嗎？

這天，我看見蘇木一身素白，抱著我送他的那把琴，坐在家門前的那棵桃花樹下，只是發呆。

我蹲在蘇木面前，想像過去那樣試圖蹂躪他的臉從而引起他的注意，可是如今，作為無所不能的神靈的他再也感知不到我，這代表我同樣觸碰不了他了。我徒勞的作為只是一陣撫過他臉龐的清風。

我陪蘇木坐在那裡發呆了整個下午。

直到他起身回屋，我沒動，看著他的背影消失在我的視線裡。然後伸手，試圖用虛空接住落下的花瓣，沒接著。

傷心的吧。我終於得到了答案，卻沒有因此感到快樂。

真心碎。在我不變的一切裡，蘇木的不變，最讓我心碎。

✲

這是我死去的第二個十年。

我曾經想過，會不會再過幾年，我就會徹底忘記一些事情。

蘇木說過，人的記憶是有極限的，會自動代謝掉那些不太重要的人事物，放逐於歷史的長河裡。曾經使自己悲傷的、癡狂的、沸騰的，再也不復存在，如同投入深井的小石子一般下落不明。

我的一生太短，短得甚至不需要代謝多少無用的記憶——只是突然有些好奇，那在蘇木活著的無盡漫長歲月裡，又有多少色彩能夠幸運地被那雙淡漠的眼記住？

我看著蘇木在我離開以後，所有照舊的如昔，恍若又回到了從前，他喊我的名時，我能有所回應。

蘇荷。蘇荷。蘇荷。

他一遍一遍地喊，平靜的、溫柔的、無奈的……

絕望的。

蘇木也說，當靈魂脫離肉體以後，就會慢慢淡忘世間的一切，會慢慢失去七情六欲，不再在意曾經受過哪些苦。

無愛無恨以後，就會前往來世。

真糟糕，現在的我已經忘記自己曾經最喜歡的那壺酒被藏去哪裡了。不知道被蘇木發現的話，他會不會生氣，畢竟我在醉酒後做過的蠢事不勝枚舉。

幸好我仍記得我叫蘇荷。

這是蘇木給我取的名字，我很喜歡，我不能忘記。

我不會忘記蘇木。這般聽起來像是想要違反世間秩序的任性話語，我卻從未如此篤定。

我不會忘記蘇木。我一遍一遍地說，不知道是想催眠自己，還是想騙過連神祇都無法得到豁免的，世間規則的意識。

其實這一生，有受過什麼苦呢？蘇木待我那樣好。

我想了想，不對，還是有的。

……愛別離苦啊。

✲

這是我死去的第三個十年。

我才意識到，原來蘇木的生活總是那樣無聊。

他恢復了獨來獨往，從沒有見過有誰來拜訪，不與人交心、親密，他孑然一身，毫不在意周圍熱鬧與否，更不在意其他生命的朝生暮死與悲歡離合，他既仁慈又殘忍地放任一切好壞的發生。

如今的他簡直孤獨得像一座沉寂的火山。

真奇怪，生前我從未產生過如此荒誕的想法。

一直以來，蘇木身邊只有我。

所以，他是因為寂寞了太久，才會決定將我帶在他身邊的嗎？

不，不是這樣，我知道——畢竟算起來，我們也是相依為命啊。

直至最近，蘇木好像開始找到一些有趣的事情可以做了。這樣真好，他會慢慢走出時間，臉上的笑容會更多一些，他不能再瘦了。

雖然我搞不清楚他究竟在忙些什麼，這些年來，他時常一出門就是十天半個月，我跟著他歷遍這大千世界，走走停停，好像什麼都變了，也好像什麼都沒有變。

譬如在人潮擁擠的集市裡，我看見了我生前喜愛的畫糖人，雖然老闆已經不是當初的老爺爺了。我想起好久好久以前，我和蘇木也停在畫糖人的攤販面前，我讓老爺爺給我畫個蘇木，當時蘇木只是搖頭笑笑，卻還是掏錢了。

不知道蘇木怎麼停在了畫糖人的攤販前。我沒聽見他和老闆說了什麼，只見沒一會兒，他手裡就拿著了個「我」。

我好像明白了，蘇木在蒐集些什麼，因為他每次回家的時候都滿載而歸，就像他遲遲不把糖吃掉。

✲

這是我死去的第四個十年。

我曾想過，剩下的漫長光陰裡，蘇木會不會再碰見誰，並且與那人過上尋常日子，擁有柴米油鹽的煩惱，再也想不起曾有個被他取名叫作蘇荷的我。

然而在我看見他日漸消瘦，看見他似乎打算為我造一座墓碑的時候，我突然覺得，這樣也好。

這樣也好。蘇木在慢慢接受我離去的事實。

會好的，或許尚未釋懷，正如我一般。

一切都是注定的，身為神祇的蘇木比我更加明白命運的強悍。

是注定的。蘇木注定會路過那間破廟，注定在眾多灰頭土臉的孩子們裡選擇我、帶走我，注定為我取名為蘇荷，無論是出於憐憫還是傲慢，已然不再重要。

蘇荷，妳就叫蘇荷吧，荷花的荷。跟我走嗎？我聽見他這麼說。

為什麼是我？我眨了眨眼，沒有把這句話問出口。

沒什麼不好承認的，因為我想離開、想吃飽穿暖、想有個家……想被愛，所以我對面前的陌生男人笑得甜蜜，主動拉住他的手。

我想，我應當是有名姓的，但無所謂，從此以後我就是蘇荷了——蘇木的蘇荷。

一切都是注定的，我的到來如同我的消亡，使蘇木在命運之前也不得不彎下他驕傲的背脊。

蘇木和自己相依為命——蘇木和我相依為命——蘇木和自己相依為命。其實沒什麼不同，只是回到了最初。

就這樣吧。

命運並不在意看似堅不可摧的神祇在軟弱時刻落下的淚。

蘇木要做靄靄春空裡皎潔的那彎明月，永遠孤傲得像從未被誰擁有過。他為我建墓碑，與山川湖海、家門前的桃花樹作伴，從此當作一種虛空的信仰。

他為我孤獨終老，我為他點上永恆不滅的長明燈。

✲

這是我死去的第五個十年。

我終於有墓了。是蘇木親手為我造的，小巧而精緻，就豎立在家門前的桃花樹下。有靈的桃花樹長年盛開，隨風輕輕搖曳，朵朵豔色就隨之落下，點綴在墓碑上，既浪漫又詭譎。

其實我有些好奇，那墓碑下埋了什麼——肯定不是我的屍體。我當時死得一點也不剩，靈肉在瞬間灰飛煙滅，強大如斯的神祇都沒來得及留住我任何一絲溢散的靈魂，而那能用來重塑肉身的神力也無用武之地。

蘇木是看得見魂體的，可是如今他卻看不見我，也感知不到我。我既沒有肉身，更無靈魂，所以……現在的我是什麼呢？不知道。

不知道，毫無頭緒。

就像我對於死前的記憶毫無頭緒一樣。

真殘忍啊，我甚至沒能回頭再看看蘇木一眼。明明多一秒也好。

在死前一刻，我想的是什麼呢？

是元宵那夜，蘇木領著我穿梭於人間皇城最繁華的燈會，城門大敞，車馬暄闐，街邊高高掛起無數盞精美的燈籠，火樹銀花，光影錯落，與遙遠的那抹銀色光輝相映成，炫目至極。

就是在那晚，站在橋上，蘇木將他親手打磨的那枚白玉髮簪別上我的髮，許諾我是唯一。

我喜極而泣，蘇木之於我是父、是母、是友、是家，他陪伴我長大，慷慨地對我付出他貧乏的耐心與溫情——動心是多麼容易的一件事。

動心是多麼容易的一件事啊。

我歡喜無比，多年來不見天日的暗湧就這樣被澆灌而開了花，終得償所願。

傷心是多麼容易的一件事啊。

我聽見蘇木撕心裂肺地喊，我卻沒有任何能夠盛裝他的絕望與脆弱的器皿。

往後每年的燈節，我都能看見蘇木次次重回那座橋上，任由流年與風景的變換，也任由一對對有情人嬉笑打鬧著相伴走過他身邊，而他什麼都不做，只是沉默整個夜晚。

我知道我觸碰不到他，可仍是倔強地去牽他的手，假裝掌心相貼。

我曾害怕一生太長，到頭來，竟是怨嘆自己一生太短。

✽

這是我死去的第六個十年。

其實早在我桃李之年，蘇木就有讓我脫離凡胎的打算，想我同他一般擁有無盡年歲，想我不被衰老的過程糾纏，想我和他相依為命下去。

可是他遲遲不動作，只讓我再等等、再等等。

我知道這世上是有人能夠通過日夜不懈的努力成仙甚至成神的，然而我在幼時為了生存已經花光所有氣力，哪怕之後被蘇木帶了回去，他只說我不適合學習這些，並沒有給我其他選擇。

我以為我一輩子就這樣了——用人間的流速來計算的短暫的幾十年裡，和所有普通人一樣歷經生老病死，無一不漏。

我問蘇木，所以他有什麼其他的辦法呢？

相信我即可。他說得簡單。

神能造人，也能……造神嗎？我不理解，這聽起來真的很荒謬，儘管是因為我從未完全見識過神祇的能力而有所懷疑和迷惑。

有何不可？蘇木漫不經心又親暱地將我的碎髮別至耳後。

那當初為什麼不讓我自己學習呢？這不是更加穩妥的方式嗎？

蘇荷，妳太脆弱了……妳的根骨、妳的魂魄都太脆弱了。蘇木嘆了口氣，憐惜地在我的額上留下一枚不帶任何情欲的吻。

誠實地說，更迫切的人是我。

更迫切想要和蘇木長相廝守的人是我，一直是我貪心地想要更多。

哪怕如同現在這般，看著蘇木什麼也不做，只是斜倚在桃花樹下小憩，我都感覺無比幸福。彷彿回到了過去似的，他懷裡的位置向來為我而空。

陽光溫暖，他長而捲的睫毛在眼下投下一層暗影，眉頭微蹙，帶著淡淡的倦色。我伸手撫過他的眉眼，真是的，他這陣子不知道又在忙些什麼，都不好好休息。

其實作為神祇，蘇木是不需要睡眠的。但為了配合我，他開始養成偶爾休息的習慣，多了些煙火氣，儘管他知道這種行為對於自己並沒有任何意義與用處。

那你會做夢嗎？我實在好奇。

自是不會。蘇木搖頭。

啊……那就不能夢見我了。我開玩笑。

蘇木，我們多可惜啊，如今連在夢裡相見都沒有辦法。

✲

這是我死去的第七個十年。

我以為我應當會按照蘇木所說的那樣，逐漸忘卻這一生所有的遭遇與情思……然而沒有。還是沒有辦法做到對蘇木視而不見，沒有辦法不為他牽腸掛肚，也沒有辦法不為他如今的憔悴和黯然感到哀慟。

可蘇木從未同我說過，如果做不到無愛無恨，何能為歸處。

但就這樣陪著蘇木，似乎也未嘗不可。

畢竟若是入了來生，我又該去哪裡尋蘇木呢？到時候我們會在哪裡。

……不對，差點忘了，我早已失去靈魂，哪裡還有來生。我沮喪至極，而可悲的是，就連現在的自己是什麼東西都還沒搞清楚。

我忽然想起前幾日，我跟著蘇木來到一座長期因為戰亂而不平靜的邊陲小鎮。當地早已民不聊生，曾經飽含希望的一雙雙眼睛隨著時間的推移愈見麻木。這種皇權的爭奪或是朝代的更迭從來不是普通百姓能夠決斷的，然而首當其衝的往往是無辜的他們。

蘇木只是平靜地看著，哪怕在街邊看見無良的父母賣子女求榮、柔弱女子被流氓調戲，又或是看見染上賭癮且死不悔改的兒子扯著父母要錢，他都不眨一下眼。過往的我或許早就衝動地為誰出頭了，甚至總想拉著蘇木讓他幫忙。

這是他們的命數，我不能輕易改變。蘇木總是毫不留情地拒絕。

那是我第一次意識到神的無情，或許還有點身不由己。

是真的不能插手任何事情嗎？命數不能被改變嗎？我不相信。但我更好奇的是，作為神祇，當真看得見所有人的命數？

蘇木的眼神停留在我的面上十多秒才回答，除了我自己、那些同為神的存在……與妳以外，都可以。

為什麼？我有些詫異。怎麼也不該包括我。

當我的心緒因妳有所波動以後，我就看不見妳的命數了。蘇木的指頭繞上我的一綹髮絲，目光幽深。蘇荷，我能看見這些人的命數，但看不見妳的，我想，這也或許是我的命數。

如今竟有些慶幸，蘇木再也看不見我的命數。我想我的命數在後來是有改變的，若非如此，蘇木早應知道我的生命會在那時候戛然而止。

要不然他也不會允許我的任性，要不然……他該會多難過啊。

✲

這是我死去的第八個十年。

我忽然開始想去釐清關於愛的真相與苦難，在我自以為足夠了解之後——不對，應該這麼說，我所有的認知全來自於蘇木，他就是我認定且熟悉的，對於愛的定義。我們之間的一切是那樣順理成章。

那麼愛究竟本該是什麼模樣，已經不重要了。

只是，這份愛有多堅韌呢？

我與蘇木相伴的這些日月，和他如今的年歲相比簡直微不足道，我只是夜晚裡剎那而過的星火。所以，我又能憑藉這份或許終究會被代謝掉的回憶維持愛的熱度多久呢？

蘇木必然不會永遠守著那棵桃花樹下的小墓碑。我悲觀地想著。

然而今日，我又看見蘇木守在桃花樹下，不同於前幾日墓碑前的空蕩，這次竟擺滿了各式各樣的東西。粗略一看，可不就是那些我生前最喜愛的吃食與小物。

更吸引我注意的是蘇木。

平時總著一身素白的他，卻在今日穿了一件繡著金邊的暗紅色衣袍。明明顏色仍有差異，但不知道為什麼，我竟覺想起了我們成親的那天，他穿著大紅婚服、萬種風情的模樣。

今天是什麼日子？穿得如此隆重。

我一時沒有想起，直至蘇木拿出一罈酒，我才憶起原來多年前的今天正是我們成婚的那一日——那罈酒是我們一起釀的，說好了嫁娶那日要共飲一杯。

看著蘇木固守著我們過往所有的約定與回憶，忽然有些心酸。

我已經死去快要百年了啊，我離開他的時間甚至比和他在一起要長。

日復一日地游離在這人間，我開始感到疲憊，甚至開始猜測，或許如今的自己只是一抹執念——也只能這樣解釋了，若不然，蘇木怎麼會沒有辦法感知到我。

至於為了什麼而執著……除了蘇木，還有誰能是原因呢？

我似乎也沒有任何立場去說蘇木。

我們都是一樣的，一樣在這無盡的等待裡，無望地等待著彼此。

一樣心碎。

✲

這是我死去的第九個十年。

很荒謬的，我竟然做了一個夢。

不對，是我入了蘇木的夢——也不該說是夢，蘇木不會做夢，能解釋這一切現象的理由大概只有……蘇木創了個幻境。

是的，蘇木讓全世界陪著他演戲。

神祇的力量有多可怖，我竟在這時候才終於見識到。平時與我待在一起的蘇木說是個俯視眾生的神，倒更像是個尋常人。

我不理解蘇木這個舉動的意義，我感到恐慌，甚至有些害怕去深究。

我只是跟著蘇木穿越層層迷霧，首先映入眼簾的是一個亭亭玉立的女子，容貌昳麗，一看見蘇木，就驚喜地撲進他懷裡，那嬌憨的模樣莫名讓我感到一絲熟悉。

然而還沒有時間去糾結這女子究竟是誰，又為何與蘇木如此親密，天旋地轉之間，我又看見了其他畫面——

蘇木神態溫柔地抱著一隻小羊、蘇木牽著一個小男孩逛集市、蘇木笨拙地幫著個老嫗忙活農務、蘇木與一男子在滿月之下促膝長談……最後一幕是蘇木將我帶出那間破廟的時候。

為什麼是我？

如果當初的我有勇氣問出口，我是不是就會知道答案了。

因為是妳。我想蘇木會這麼說。

原來一直是我，無論輪迴多少次、變成什麼模樣，他都會把我認出。

這一切都好荒謬，但荒謬的卻全是真實。

是真相、是執念，更是我們一切的開端與結局。

已經追溯不到最根本的緣了，我們究竟是為什麼走到這一步的？蘇木是如此耐心，把我認出以後，再不厭其煩地陪我重來無數遍。

蘇木過去難道沒有想過要讓我脫離凡胎嗎？肯定有的，只是他知道失敗的機率遠遠要大於成功的可能。

數千、數萬年的韜光養晦，我們都過於自負地認為總算可以了。

看著蘇木一次又一次地經歷著過往，我淚流滿面。

貪是苦的因，愛別離是苦的果。

✽

這是我死去的第十個十年。

神之一殞落。無人知曉其因，只道是入了輪迴，追隨愛人而去。

你有來生嗎？我曾這樣問過蘇木。然而在話剛說出口的時候就後悔了，蘇木說過自己不會死，又談何來生。

見我懊惱的模樣，蘇木卻是笑了。我沒有，但妳有，所以我總會找到妳。

當時的我無心去探究他話裡的意思。

現在蘇木選擇永遠留在自己創造的幻境之中，所有人都說他已經死了——確實和死了沒什麼兩樣。蘇木為愛瘋魔，困守於我仍在世的所有時刻，我又何嘗不是。

而如今我也能陪著蘇木重來一次又一次。

桃花樹依舊盛放，樹下的墓碑上終於有了兩個並排的名字。

愛死了

致極致

我的愛人死了，被我親手殺死的。
他把我的愛偷得一點也不剩，我像個在街上裸奔的瘋子。
他那麼粗心，根本沒注意到我已經快要乾涸。

我只好把他殺了，他在不甘心地閉上眼之前依然說著愛我。
只是一切都來不及了，我哭得泣不成聲。

愛人死了，愛死了。

失去對生活的敏銳像
溺水的人不再憧憬更遠的岸
關節生鏽
失望忍受

已經過了
在深夜失眠為誰
寫詩卻從不公開的
那段自大的歲月
深刻是因為沒有結果

他的溫柔稀薄得像懺悔
你想不透
你不甘心
你滿是破綻
就連恨都像在原諒

未完成式

致待續

敬往事也敬前程

致路程

嗨，最近還好嗎？還在為想要的未來拚搏對吧。
我是多年以後的你，有一些想和你說的話。

一路走來，很辛苦吧。
可是回頭望，那些難熬的日子似乎只是日曆上的數字，翻過一頁又一頁，日子在慢慢積累、堆疊成自己想要的樣子，但在擺正歪斜時依舊感到吃力，然後偶爾感嘆，原來已經過去這麼久了啊。

請放心，你一直走在你為自己選擇的路上。

不敢說滿意現在的生活。
畢竟世上少有兩全其美之事，你想要的沒有辦法都得到。
你要為了自己追求的目標而離鄉背井，在陌生的國度裡懷抱忐忑與不安，隔著大洋也隔著螢幕，你會知道所有觸碰不到的想念全都是真實的——倘若你知道我曾經的窘境，你還會如此奮不顧身嗎？

不要問我後不後悔。
我不能告訴你。我要你親自走一趟你所選擇的一切。
別擔心，並沒有所謂的對錯之分。

對了，希望你不要對這世界感到太驚訝。
或許你付出了真心，卻沒有得到同等分量的回饋；或許你會看見，有人為了只在酒吧裡見過一面的陌生人哭得死去活來；或許你以為足夠努力，就能夠進入夢寐以求的公司；或許你以為有人在同你深陷，卻發現對方竟無比灑脫；或許你某一天會突然想要遠行。

有時候，我甚至會以為我也跟著壞掉了。

所以沒有關係，要擁有自己的步調和頻率，要保持好奇心、想像力、熱愛與真誠，而辜負、隱痛及錯過，都要習以為常。

至少在這一刻，在活著的每一刻。

你要知道你被深愛著。

被親近之人、被萬物、被自己全身的細胞、被所有遺忘的四季和風雨。

致自己

生存指南

所有人都傲慢地說著要愛
這荒謬且醜陋的
世界和一眼就望到頭的乏味生活
又像階下囚

當一個體面的倖存者
適時出賣一些
少了也不會感到痛苦的東西
像蠟燭燃燒自己
半死半活

練習說謊的時候避免眨眼
馴服心裡的野獸
知道一無所有才是常態
有伴的日子已經過去了很久
學會等待，而不抱期待

不需要熱鬧的時候
夜晚打翻積累數日的沮喪像拆開具體的往事
多餘的心思都震耳欲聾
明白任何一種活著的姿態
都已經足夠努力

在冬天去海邊

隨身攜帶一把剪刀

冰淇淋一定要是草莓口味

鬧鐘一次要設定六個

發誓不會再弄髒唯一的那件白色襯衫

明白很難但試著去愛

這荒謬且醜陋的自己

致我們

後記
我們是這樣活下來的

你有想過嗎？你會過完怎麼樣的一生。

可能沒有大起大落，我們渺小得隨時能被誰踩上一腳，生活總是在出賣著我們，又或被這無理的世界揍得鼻青臉腫，可同時，也依然那麼努力地在成為溫暖自己的一束光。

時常聽他人說起小確幸。

比如疲憊之餘來一杯奶茶；比如被額外贈送的那一塊糖；比如炎熱的夏天來一碗爽口的刨冰；比如過路人不經意之間的善意；比如終於買到了心心念念的東西；比如偶然吃到驚豔味蕾的美食；比如那家經常要排隊的店，卻在你去的時候正好不需要等待；比如巧遇了好久不見的朋友。

或許可以把小確幸看作是一種浪漫。

而我們就是浪漫本身。

該如何定義浪漫呢？

對我來說，浪漫絕不單指情愛，更多的是我們看見或遇見的那些微小幸福以及瑣碎事物。對於這個世界的心思好比我們看待自己的眼光。

是這些美好的瞬間讓我們活下來的。

記得有一日，收到朋友的訊息，怨嘆自己遇見的人好似沒有一點誠心，只有敷衍和吝嗇的溫柔，而自己卻為此患得患失。

真誠和情長好似成了當代的奢侈品。

在這棲棲遑遑的人間，真誠的確難得。

所以為什麼，我們要讓那些不真誠的人們，消磨掉我們的真誠呢？真誠沒有錯，真誠要給同樣真誠的人。

你是自己的唯一。

所有的不真誠與傷害都是真的，而你必須在乎。

真誠地去看待那些值得自己駐足留戀的風景。

也終會明白，從平凡的角落裡生出的、那些微小但足夠真切的滿足感，在某些時刻確確實實地治癒了自己。然後會突然覺得，這個世界似乎也沒有那麼糟糕。

大多時候我們是這樣活下來的。

我們試圖從中撿起一片片的殘骸，拼湊成如今的模樣。

致愛與誠、致迷茫和失意、致那些殺不死的浪漫。

眾生皆苦，

唯浪漫不死。

國家圖書館出版品預行編目資料

致那些殺不死的浪漫 / 溫如生 著. -- 初版. -- 臺北市：皇冠, 2022. 11
面；公分. --（皇冠叢書；第5059種)(溫如生作品集；03)
ISBN 978-957-33-3957-1 (平裝)

863.55 111018353

皇冠叢書第5059種
溫如生作品集 03
致那些殺不死的浪漫

作　　者—溫如生
發 行 人—平　雲
出版發行—皇冠文化出版有限公司
臺北市敦化北路120巷50號
電話◎02-27168888
郵撥帳號◎15261516號
皇冠出版社(香港)有限公司
香港銅鑼灣道180號百樂商業中心
19字樓1903室
電話◎2529-1778　傳真◎2527-0904
總 編 輯—許婷婷
責任編輯—蔡承歡
美術設計—嚴昱琳
行銷企劃—蕭采芹
音檔配樂—Amacha
著作完成日期—2022年10月
初版一刷日期—2022年11月
初版二刷日期—2024年3月
法律顧問—王惠光律師

讀者服務傳真專線◎02-27150507
電腦編號◎589003
ISBN◎978-957-33-3957-1
Printed in Taiwan
本書定價◎新臺幣360元/港幣120元